The DAY of the LOCUST

蝗灾之日

[美] 纳撒尼尔 · 韦斯特——著　　郭宝莲——译

Nathanael West

中国友谊出版公司

在某些地方，

梦想会折磨某些不幸的人，

而终有一天，那人被折磨够了之后，

梦想就会被重新复制出来。

目　录

Contents

媒体佳评 001

读者推荐 003

导读 007

蝗灾之日 001

作者年表 257

媒体佳评

好莱坞等了二十五年，犹不见小说家写出以之为主题的传世杰作，连认真提笔尝试的作家都寥寥无几，直到出生于纽约曼哈顿的三十五岁小说家悉心毕力写出《蝗灾之日》。这位作家在写出精彩绝伦的讽刺小说《寂寞芳心小姐》后，于《蝗灾之日》出版前三年转战剧本写作。

《蝗灾之日》描述好莱坞世界里的偏执分子，书中的主角可以说是好莱坞布景道具拟人化后的人物，如文中所言：“这份对美丽与浪漫的追求教人不忍嘲弄，即使呈现出来的结果毫无品位或者让人不敢恭维。不过，叹息却难免，比这些丑陋道具屋更可悲的东西实在不多了。”

作者韦斯特在小说一开始就以慧灵鬼黠的想象力对好莱坞那些怪胎行径所根源的社会脉络做了生花妙笔的描绘，

然而，就在最后一幕——世界陷入野蛮暴乱状态——的前一刻，他原本构思的悲剧却变成荒诞不经的闹剧。充满无力感的韦斯特几乎不去分辨奇谲幻影与怪谬真实之别。韦斯特之前的威廉·萨洛扬（William Saroyan）也将小说场景设定在好莱坞，但他只是双手交叠在胸前，冷冷地承认好莱坞给他的不过是“白痴的微笑之心，以及上流骗子的热心亲切”。

——《时代》杂志（*Time Magazine*）

韦斯特这部小说描述好莱坞梦想底下的赤裸蛮残的本质。本书于一九三九年出版，被誉为美国小说中最令人惊艳的“好莱坞小说”。书中主人公托德是场景设计师，随着故事展开，他和几位因追逐好莱坞矫揉世界而扭曲生命的人物交织纠缠。正当其他人物的未竟梦想在暴动与混乱烈火中爆燃时，托德也在心中完成了他那幅《燃烧的洛杉矶》。

——《韦氏文学大百科》（*The Merriam-Webster Encyclopedia of Literature*）

读者推荐

真可惜，纳撒尼尔·韦斯特没能活得够久，无法和黑色幽默的导演大师科恩兄弟（Coen Brothers）合作。韦斯特生前委身于视文字为艺术障碍的好莱坞二流电影产业撰写剧本，不过，幸好他抽空写了两个短篇和五部中篇，其中两部小说《蝗灾之日》和《寂寞芳心小姐》可说是二十世纪三十年代最原创且犀利的美国小说，堪称传世经典之作。

《蝗灾之日》对好莱坞和电影产业做了蓄意荒诞的讽刺描绘，书中对二十世纪三十年代南加州地区的栩栩勾勒，媲美千百本社会学之作，丰富地呈现出“这些人物形形色色，包括各种不同经济状况和宗教信仰的人，以及那些为了海浪、飞机、葬礼及电影预告片而来的人。这些可怜虫只会为得到应允的奇迹而感动，也只会对暴力有所反应……他们组成怪胎和笨蛋大阵线，跟在博士的旗帜后面前进，想借此来净化这片土地”。就连冷硬派侦探小说大师雷蒙·钱德勒(Raymond Chandler) 都无法如韦斯特般精准捕捉到洛杉矶那种俗丽骇人及纵情耽溺的面貌。好莱坞确实是由欲望所堆造出来的波坦金村（Potemkin village），门面矫饰、虚有其表，沉浮于其中的每个人是自己心目中的最佳男女主角，但其实是下一位主角的“临时演员”。在好莱坞生活、奋斗的人势必赞同《蝗灾之日》真切地勾勒出这里恒常的白云苍狗，以及眼前的掠影无常。

——乔尔丹诺 · 布鲁诺（Giordano Bruno）

《蝗灾之日》描绘了二十世纪三十年代最肤浅的地方：好莱坞。说实在的，除了计算机特效进步以及超级明星火速结婚又离婚的现象外，几十年来好莱坞本身和其文化有何改变呢？唉，一切如昔，依旧肤浅当道。

韦斯特打造的舞台多姿多彩，舞台上的角色形形色色，有些人可能会称他们为“怪胎”，但这种称呼或许过于尖锐，毕竟他们只是一群异想天开、无法融入主流社会的说梦痴人。包括兼职应召的女演员、没有牧场的牛仔、成天醉醺醺的侏儒，还有寂寞变态的旅馆会计，他愚蠢地疯狂爱着一位女演员，热情迎上的双手吓得她惊慌失措。此外，还有在泳池里放入橡胶马的剧作家、惹人厌的早熟童星，以及一些好莱坞见怪不怪的反常怪人。这些人物的背景和情节围绕着斗鸡、色情影片、可疑的死亡、过度思考脑袋里的商业诡计，它们全都发生在好莱坞这个地方。而韦斯特就像个技巧纯熟的杂耍人，精彩生动地把玩这些情节，完全不失手。

最后那轰轰烈烈的一幕最叫人赞叹，也是这幕让人想到蝗虫。这种昆虫激动盲从，蜂拥成群，所到之处摧残掠尽，但其呈现的意象却又荒诞无稽到可笑。

或许是因为被好莱坞带到镁光灯下的事物存在于任何地方，所以这里发生的故事才会如此动人。也唯有在这种地方，电影才拍得出来，而如这本小说般伟大的文学作品也才得以成形。

——辛塔·爱斯塔斯（Zinta Aistars）

韦斯特这部著名代表作鞭辟入里，直指二十世纪三十年代的好莱坞现象，主题更一针见血地点出事实。其实今日好莱坞那些习以为常的龌龊下流文化早已存在，只不过得靠韦斯特这般敏锐机智的观察家才能让我们看见：繁华光鲜之城的边际很可能因火焰而被付之一炬。这部小说里最鲜明的象征应该就是主角的那幅《燃烧的洛杉矶》吧。想想当你记起造成一九九二年洛杉矶种族暴动的起因人物，即黑人罗德尼·金（Rodney King）、侦办辛普森（O.J.Simpson）杀妻案的洛杉矶警探马克·福尔曼（Mark Fuhrman）时，脑海所浮现的画面。我一看见这本书荣登“二十世纪百大英语小说”之列，就决定买来读。在此之前，我只知道这本书赫赫有名，但读过之后才发现非常值得探究，韦斯特可说是好莱坞文学的教父。

——亚马逊网络书店顾客

导 读

◎多舛的写作生涯，早逝的赖皮天才

一九〇三年生于纽约、半生在大萧条时代度过的韦斯特，父母为来自俄属立陶宛[1]的犹太移民，如同许多人那样对美国这块新大陆怀抱着所谓的“美国梦”。当时叱咤书市的作家要数霍雷肖·阿尔杰（Horatio Alger），著有上百本畅销书，主题皆为白手起家、奋斗致富，堪称编织美国成功神话最具代表性的作家。韦斯特不满十岁，父母便要他读霍雷肖的作品，不料书中的平民英雄非但未成为韦斯

1　一七九五年至一八一五年整个立陶宛（除克莱佩达边区外）并入俄国，“一战”时，被德国占领，一九一八年宣布独立，后又被德国、苏联接连占领，一九九〇年宣布脱离苏联独立。

特崇拜的偶像，反倒成了日后他自己的小说揶揄甚至践踏的对象。

对美国梦嗤之以鼻的韦斯特仿佛天生有几分吊儿郎当，求学历程极尽赖皮之能事。高中辍学后靠伪造成绩单进入塔夫斯大学（Tufts University），遭到退学后又盗用一位同名同姓的同学的成绩单，进入布朗大学（Brown University），求学态度仍旧漫不经心，借用他人的作业意图蒙混过关。但也在此期间，他开始构思第一部小说作品《史奈尔的梦幻人生》（*The Dream Life of Balso Snell*），历时六年才完成并出版。然而，强烈的实验性题材与风格，使得本书在一九三一年问世时只印行五百册，韦斯特个人买下一百五十册，其余册数到韦斯特辞世为止还没能售完。

大学毕业后，韦斯特旅居巴黎两年，于一九二七年重返美国，从事记者工作并担任旅馆经理，借职务之便为作家朋友提供免费的食宿。一九二九年，在偶然的机缘之下，韦斯特得以一窥读者写给《布鲁克林鹰报》（*Brooklyn Eagle*）谈心专栏作者苏珊·切斯特（Susan Chester）的求助信件，进而以此为素材写成《寂寞芳心小姐》（*Miss Lonely-*

hearts)。

一九三三年出版《寂寞芳心小姐》前，韦斯特原本信心满满，出版商贺瑞斯·利夫莱特（Horace Liveright）为当时美国最优秀的出版商之一，各方对此书又不无好评，被认为是美国作家写美国的一大佳作，更被拿来与菲茨杰拉德的《了不起的盖茨比》（*The Great Gatsby*）相提并论。孰料上市后竟遭逢贺瑞斯破产，使得本书售出不到八百册。

此时的美国已步入大萧条时代。一九三四年，韦斯特出版长篇小说《百万富翁》（*A Cool Million*），塑造出天真耿直、努力不懈却备受欺凌、蒙骗与剥削而至失去一切的主人公，借以嘲讽霍雷肖·阿尔杰之辈所推崇的美国价值。对当时急需正面力量的美国社会来说，本书获得的反应是既不叫好也不叫座，到了一九三五年只得削价出清。

韦斯特转而投入好莱坞剧本写作，此一选择不只使他经济上有了保障，也为他下一部也是最后一部著作《蝗灾之日》（*The Day of the Locust*）带来灵感。《蝗灾之日》直陈好莱坞成名梦背后并不光鲜亮丽的真相，刻画美国群众的集体幻灭，被誉为好莱坞小说中的最佳杰作（the best Hollywood novel）。但一九三九年此书出版时叫好不叫座，印行三千册，仅售出一千四百六十四册。

距离《蝗灾之日》惨卖约一年半的时间，写作生涯霉运不断的韦斯特与新婚八个月的妻子艾琳·麦肯尼（Eileen McKenney）于周末出游，却在回程途中发生车祸事故，夫妇俩不幸丧生。英才早逝的韦斯特当年仅三十六岁。就在意外发生的前一天，四十四岁的菲茨杰拉德因心脏病发身亡。在后世人眼中，那无疑是美国文坛损失惨重的一个黑色周末。

◎自谷底翻身的经典，世界差点错过的大师

虽一心以文学创作为业，韦斯特在世时却始终未能奠立小说家的地位，销售成绩惨淡更连带使他无法以此糊口，在一封给文友爱德蒙·威尔森（Edmund Wilson）的信件中，他曾写道：

我一度试图在这门技艺上努力精进，但就连借此为

生的第一步都跨不出去。三年来出版两本书，只换得总计七百八十美元的收入，所以不是什么能否坚持到底的问题，我很愿意做出牺牲，但现实就是不可能……外面的世界不允许我靠写作讨生活的希望成真……[1]

这位美国二十世纪三十年代的作家，要到二十世纪五十年代才逐渐自谷底翻身，终至跃居大师地位。其间未受到各权威文学作品选集青睐，例如一九四一年初版及一九四八年推出的第二版《牛津美国文学指南》(*Oxford Companion to American Literature*)，完全不见韦斯特的踪影。但有愈来愈多重量级的文学评论家推崇生前默默无闻的韦斯特，比如著有《美国史家》(*The Americanist*)等书、推动美国图书馆(Library of America)创立的学者丹尼尔·艾伦(Daniel Aaron)，便分别于一九四七年、一九五一年、一九六五年撰文探讨韦斯特多舛的写作生涯与不俗的创作才华，称他为“奇才怪杰(perverse genius)”。终于，在一九五六年推出的第三版《牛

1　摘自雷蒙德· M. 奥尔德曼所著的《越过荒原：20 世纪 60 年代美国小说研究》一书。

津美国文学指南》中，韦斯特登上了版面。情况一如美国作家理查·波伊德·格门所言：如今，韦斯特独特、不凡的才华终获公允的肯定。在他死后十年，在愈来愈多声援者的推波助澜之下，他的声誉爬到了应有的位置，而他辞世已然十年——这可说是终极的、讽刺的、悲剧性的韦斯特式幽默[1]。

韦斯特死后十七年，《韦斯特全集》（*The Complete Works of Nathanael West*）问世。这位世界差点错过的一代文豪总算有机会被广大读者看见，并在美国现代文学史上站稳一席之地，代表作《寂寞芳心小姐》与《蝗灾之日》双双被公认为美国现代文学经典，进而译成十几种语言，备受推崇，影响深远。约瑟夫·海勒（Joseph Heller）、托马斯·品钦（Thomas Ruggles Pynchon, Jr.）、罗伯特·斯通（Robert Stone）、特瑞·索恩（Terry Southern）、约翰·霍克斯（John Hawks）、唐·德里罗（Don Delillo）等杰出小说家的作品中皆有师从韦斯特的痕迹。历任百老汇出版集团（Doubleday Broadway）主笔、编辑、副总的出版人杰拉尔德·霍华德（Gerald Howard）对韦斯特一

---

1 摘自一九五〇年新方向（New Direction）版《蝗灾之日》序言。

波三折的际遇，可谓下了最佳注脚："我相信在文学的世界里有正义的存在，只是正义或许要依照它自己的步调在不合常理的时机到来……身为热爱韦斯特作品的忠实拥护者，同时又扮演着操纵作家命运的出版人角色，韦斯特的生平故事令我不胜唏嘘。在他生前，伴随着出书而来的名利微薄得可怜，简直具有希腊悲剧的本质……但也因为未能功成名就，这才使他写出了最伟大的作品。"[1]

1 摘自《让这成为你的一个教训：纳撒尼尔·韦斯特的霉运生涯》一文。

蝗灾之日

制片厂也是梦想的垃圾，

这里的垃圾会愈来愈多，

因为任何人脑海里所飘浮的梦想没多久就会出现在这片垃圾堆上，

那些梦想靠布景和道具装点得栩栩如生……

第一章

将近下班时分，托德·哈吉特听见办公室外的街道忽然闹嚷起来。万马奔腾的嗒嗒蹄声中，可闻皮革沙沙作响仿佛呻吟，金属铿铿锵锵犹如吵架。他急忙奔向窗边。

骑兵与步兵仓乱行进，队形溃散，好似节节败退抱头鼠窜作鸟兽散的败军。骑兵身上的斗篷、卫兵头上的厚重圆筒盔、汉诺威轻骑兵队皮革便帽的红羽饰迎风飘动，混乱交错。骑兵之后是步兵团，放眼望去尽是翻腾的皮囊、斜挂的毛瑟枪、横肩的背带和晃动不已的弹药筒。托德认出佩戴白肩章的是英格兰的红衣步兵，黑衣步兵则隶属于普鲁士的布伦斯威克公爵，另有腿上绑着白色绑腿的法国榴弹兵，以及光着膝盖、穿着格子短裙的苏格兰士兵。

就在他注视的当口，大楼角落冲出一个矮胖男子，在军队后头追赶。此人头戴软木材质的防晒硬帽，身穿马球衫和灯笼裤。

“第九场，你们这些浑蛋，第九场！”他对着小麦克风吼叫。

骑兵往马腹一踢，马儿跑了起来，步兵也随之小跑。戴软木帽的矮个儿男子追上前，边挥拳头边咒骂。

托德一直看到他们消失在那半艘作为道具的密西西比河汽船之后。他放下笔和画板，离开办公室，在工作室外的人行道伫立了会儿，拿不定主意要走路回家或搭街车。他到好莱坞未及三个月，对这里的一切仍充满新鲜感，不过此刻的他意兴阑珊，毫无散步意愿。他决定先搭街车到藤蔓街，剩下的路程徒步回家。

之所以来到西岸，全是“国家制片公司”的人才探子穿针引线。对方在耶鲁大学艺术学院的学生作品展览会相中他的作品，发了封电报说该制片公司有意栽培雇用他。那人若亲眼见过托德，或许就不会想送他到好莱坞学布景与服装设计，因为他臃肿肥胖的身材、呆滞的双眼和动不动就咧嘴笑的习惯，让他看起来毫无天分可言，甚至像个蠢蛋。

没错，他尽管其貌不扬，但内涵丰富，心思复杂，多样的性格如俄罗斯娃娃一层套一层。他即将进行的画作《燃烧的洛杉矶》即可证明他确有天分。

他在藤蔓街下车，边走边观察傍晚的人群。许多人穿着运动服，但这并非真正的运动服。他们身上的运动衫、七分灯笼裤、宽松长裤，以及镶着铜扣的蓝色法兰绒夹克，全是化装舞会的道具服。那个戴休闲游艇帽的胖女人正要去购物而非划船；一身猎装打扮、戴着山区居民特有的泰洛帽的人正要从保险公司而非山里返家；至于那位穿着休闲裤和运动鞋、头上绑着头巾的小姐，刚离开的地方是电话总机房而非网球场。

在这群身着道具服的人之间隐藏着另一群人，他们的衣服剪裁拙劣、色调暗沉，是从邮购目录里买来的。其他路人快速走入商店或酒吧，他们却在街角闲晃，或是背倚着商店玻璃窗呆望往来行人。若有人回视，他们的眼神立刻充满憎恨。这时的托德对他们一无所知，仅确定他们来好莱坞根本是自寻死路。

但他下定决心要更了解这些人，因为他们就是他想画的人物。他绝不再画装满谷物的红色谷仓、老石墙，或者美国马萨诸塞州南方南塔克特小岛的渔夫。他一见到这些人，就知道他将抛开自己的种族背景、所受的画风训练或承袭的传统，扬弃美国海洋画家温斯洛·霍默以及英国艺术家托马斯·赖德的风格，转而追随西班牙浪漫主义派戈雅和法国写实讽刺画家杜米埃。

幸好，这点体悟还算及时。在艺术学院念书的最后一年，他开始思索自己是否要完全放弃绘画。因为随着绘画技巧的提升，他从构图和色彩等问题上所获得的乐趣却愈来愈少。他知道自己终将走上与其他同侪相同的路，去画插图或俊男美女。因此，当好莱坞这个工作机会出现时，他立刻把握，不在乎朋友说他出卖自己，或断言他将不再提笔作画。

他走到藤蔓街尾，沿着斜坡走进屏永山谷，夜幕正待降临。

斜阳在树丛边缘燃出一抹淡紫的光芒，群树色泽由深紫逐渐转黑。宛若霓虹灯光束般的淡紫光芒洒上山丘，几乎要让佝偻的丑陋丘顶美丽起来。

但就算粉彩余晖也无法让那些屋舍显得柔和。山谷坡面上矗立着一栋栋风格迥异的道具屋，从墨西哥农舍、南太平洋萨摩亚群岛上的茅屋、地中海型的别墅、埃及神殿、日本寺院，到瑞士的木屋、都铎式的小屋，幢幢碍眼，除非炸掉，否则没有解决之道。

不过，一注意到这些屋舍的建材全是灰浆、条板和纸张，他不由得宅心仁厚起来，将它们的外形归咎于不当建材。钢铁和石砖会约束建造者的想象力，迫使他将重点放在平均分散建材所承载的压力上，确保墙角垂直对齐。然而，灰浆和纸张毫无规矩，就连地心引力也拿它没辙。

在胡尔塔路的一隅有座复制的莱茵城堡，防水纸糊成的塔楼还戳有小洞，供弓箭手射击使用。旁边那幢有着圆顶和清真寺尖塔的艳丽建筑是根据《天方夜谭》设计的。这次，他同样宅心仁厚，不取笑这两幢滑稽的建筑物，毕竟它们想让人惊叹的意图热切又坦率。

这份对美丽与浪漫的追求叫人不忍嘲弄，即使呈现出来的结果毫无品位或者让人不敢恭维。不过，叹息却难免，比这些丑陋道具屋更可悲的东西实在不多了。

第二章

他那栋公寓名为“圣贝纳迪诺佩章”，外观平凡单调。这幢三层楼高的椭圆形建筑物，后墙和侧墙都是未上漆粉刷的原始灰泥，数排整齐划一的窗户光秃未修饰。建筑物正面是一层薄薄的芥末黄，窗户成双成对，以粉红色的摩尔式圆柱为窗框，撑住萝卜形状的上方横楣。

他的住处位于三楼，但走到二楼时他稍作停留，费伊·格林纳就住在这层的二〇八号房间。这时，某个住户突然传出笑声，他心虚地匆忙上楼。

回到住处打开门时，一张名片掉落，上头以斗大字体写着“诚实的艾比·库思奇”，下方则以斜体小字写着几句推荐语，印得真像新闻短评。

……可媲美好莱坞的骏懋银行。——史丹利·罗思

艾比一句话比摩根金融集团的债券更靠得住。——盖尔·布伦肖

名片背面则有铅笔写下的信息：押四号的“金瓶”和六号的“索利泰”，保准你从这两匹马身上大赚一笔。

他进房打开窗户，脱下外套，躺在床上，见到窗外一方澄亮天空和尤加利（桉树）的枝丫。微风吹拂，扰动细长树叶，绿色叶面先翻腾而出，接着出现的是银灰叶面。

他专心想着“诚实的艾比·库思奇”，希望能将费伊·格林纳从脑中挥去。此刻状态很舒服，他真想这么持续下去。

托德正在进行一组题为《舞者》的平版印刷画，画里的重要舞者之一就是艾比，除了他之外，还有费伊和她父亲哈利。每一块画板里的舞者舞姿各异，但盯着舞者的不安群众保持不变。他们以一模一样的站姿与神情，观看这些舞者以及藤蔓街上那群穿着道具服的演员。正是有他们的注视，艾比等一干表演者才会疯狂旋转，像上钩的鳟鱼扭动背脊，腾跃半空。

尽管现实生活中的艾比荒唐、恶毒，惹托德不悦，但他仍高兴有艾比相伴。这矮个儿男人激发他的灵感，让他有不断画下去的动力。

第一次见到艾比时，托德还住在埃佛街那间名为“米拉贝拉庄园”的旅店。埃佛街有个别名叫“来舒巷”[1]，住在这“庄园”里的多半是妓女、鸨母、训练妓女的妈妈桑，以及高级淫媒。

旅店的走道经常一早就散发出消毒水味。托德很讨厌这气味，而且这里租金还特别贵，因为里面包含警察保护费，虽然这项服务他根本用不着。他很想搬走，但惰性加上不知往哪儿搬，遂一直在“庄园”住下来，直到遇见艾比。那次相识纯属偶然。

当天很晚了，托德正要回房，瞥见对门那间的门边出现一堆脏衣物。他从旁走过时，脏衣物动了一下，还发出怪声。他点燃火柴，心想或许底下躺了条狗。火光燃起，定睛一瞧，才发现是个矮瘦男子。

---

1 Lysol Alley。Lysol为美国清洁用品的知名品牌。

火柴灭了，托德踌躇一下，再点燃一根。这次看清是个裹着女性法兰绒浴袍的矮个儿。浴袍顶端露出的那个圆状物是那颗有点水肿的脑袋瓜，一阵闷沉的徐徐鼾声呼噜呼噜传出。

冷风直灌走道，托德决定唤醒这个男人，便以脚尖戳戳他。那人呻吟了一阵，睁开眼睛。

“你别睡在这儿啊。”

“你管不着。”矮个儿回应，又闭上眼睛。

“你会着凉的。”

岂料，这善意提醒反倒激怒了矮个儿。

“我要我的衣服。”矮个儿朝门里吼叫。

矮个儿躺卧处的那扇门底下，灯光从门缝透出来，托德决定敲门试试。几秒钟后，一个女人将门打开一条缝。

“干吗？”她诘问。

“你朋友躺在外面，他……”

两人都没让他把话说完。

“那又怎样！”她咆哮着将门甩上。

“把我的衣服还我，你这婊子！”矮个儿大吼。

她再次打开门，将一堆东西丢出走廊。外套、长裤、袜子、鞋子、内衣、领带和帽子，一件一件快速飞出，还伴随着连声咒骂。

托德吃惊地吹了声口哨。

“这女人真强悍啊。”

“就是啊，”矮个儿说，“货真价实的泼妇。”

他被自己这句话给逗笑了。到目前为止就数这尖锐的细碎笑声最能让人联想到他身形的矮小。矮个儿费力起身，将一大团浴袍收拢好，免得摔跤。托德帮他收拾散落一地的衣物。

“喂，先生，”矮个儿说，“我可以到你房间穿衣服吗？”

托德领他进浴室。等他换好衣服的空当，托德忍不住想刚刚那女人房里到底发生了什么事。他开始后悔插手，不过一见到矮个儿穿戴整齐、连帽子都戴上的模样，他霎时宽心不少。

矮个儿头上那顶帽子弥补了他的一切不足。那年好莱坞大道上几乎人人都戴这种提洛尔帽，而矮个儿头上这顶绝对是上等货。那种绿真是绿得恰到好处，帽顶还是高耸的圆锥形，帽面若能配个铜扣会更好看，不过就算没有也够完美的了。

不过矮个儿身上其他衣物与那顶帽子实在不搭。他没穿又尖又长的鞋子和皮革工作裙，反而穿着一件蓝色的双排扣西装，里面是黑衬衫配上黄领带。手里拿的也不是弯曲的带刺柴枝，而是卷起来的《每日赛马新闻》。

“我跟那种只值五毛钱的烂女人厮混，结果落到这种下场。”矮个儿以这句话作为双方正式打招呼的开场白。

托德敷衍地点个头，想继续专注于那顶绿色帽子。矮个儿这副彼此已熟稔的态度惹毛了矮个儿。

“没有哪个贱货能指着我艾比的鼻子叫骂而不付出代价。”矮个儿愤愤地说，“等我花二十美元找人把她的腿打断，看她还敢不敢。现在老子身上就有二十美元。”

矮个儿掏出厚厚一叠钞票，对着托德晃晃。

“她还以为她能指着我鼻子辱骂啊？哼，我告诉你……”

托德连忙打断他的话。

“对，你说得都对，库思奇先生。”

矮个儿走向托德所坐之处，有那么半晌托德以为艾比要爬上他的大腿，所幸艾比只是问了他名字，和他握手。这男人身形虽矮，握力却惊人。

“哈吉特先生，你知道吗？若非你及时出现，我就要破门而入了。那该死的婊子真以为能这样骂我，她根本没搞清楚状况。总而言之，还是谢谢你。”

“把这事给忘了吧。”

“我什么都不会忘，我会牢牢记住，记住那些恶劣待我的人，也记住那些帮我忙的人。”

他皱眉沉默了会儿，半晌后终于又开口：“听着，既然你帮我，我理当报答你。我可不愿让人到处说艾比·库思奇亏欠他什么。所以，听好了，你去押卡连特马场的第五号马，押个五美元，包你赚回二十美元。放心，我跟你说的准没错。”

托德不知该如何回答，踌躇的神色惹恼了矮个儿。

“我会给你放假消息吗？”他沉下脸来质问，“我会这么做吗？”

托德往门口走去，暗示要下逐客令。

“你不会。”他回答。

“那你干吗不赌赌看？”

“那匹马叫什么名字？”托德问，希望平息他的怒气。

矮个儿跟在托德身后走到门边，扯扯手上浴袍的一只袖子。他戴上帽子，全身衣着整齐，离托德约三十厘米的距离。

“特拉高潘，它稳赢的。我认识这匹马的主人，消息就是他给的。”

“他是希腊人吗？”托德问，故意装出兴致勃勃的模样，以掩饰想将矮个儿请出门的企图。

“是啊，他是希腊人。你认识他吗？”

“不认识。”

“不认识？”

“不认识。”托德以断然的语气说。

“你口气干吗那么凶？”矮个儿说，“我只不过好奇你既然不认识他，怎么会知道他是希腊人。”

艾比的眼睛眯成线，流露出怀疑的眼神，双手还紧握成拳。

托德笑笑安抚他。

“我瞎猜的。”

“瞎猜的？”

矮个儿拱起肩，仿佛正准备扣下扳机或挥出拳头。托德后退一步，试图解释。

“我之所以猜他是希腊人，是因为特拉高潘这名字是希腊文，意思是雉鸡。”

矮个儿对这回答很不满意。

“你怎么知道这个词的希腊文意思？你该不会是希腊人吧？”

“不是，不过我认得一些希腊文。”

“这么说来，你很聪明喽，哈，是个万事通啊。”

他踮起脚尖，往前跨出一小步，托德准备抵挡他似乎要挥出的拳头。

“大学生，对吧？好，我告诉你……”

他的脚踩到浴袍，整个人往前一摔，双手着地。接着，他完全忘记托德就在旁边，径自对浴袍发起飙来，又开始咒骂那女人。

“她以为她能指着我鼻子骂啊？”

他不断以拇指戳自己胸口。

“是谁给她四十美元去堕胎？谁？又是谁拿出十美元将她送到乡下农场去休养？在圣莫尼卡市的时候，又是谁帮她赎回典当的小提琴？是谁？”

“说得对，你说得都对。”托德说，准备将他一把推出门外。

但不必他推，矮个儿突然冲出房间，奔向走廊，身后拖着那件浴衣。

数天后，托德到藤蔓街一家书报文具店买杂志，正在架上浏览，却觉有人扯他的外套下摆。是艾比·库思奇，那个矮个儿。

“最近如何啊？”他问。

托德真惊讶他这会儿还跟两天前那晚一样粗野。不过日后愈来愈了解他，才发现艾比的斗狠多半是开玩笑的。每次他故意挑衅朋友，他们就会将他当成狂吠的小狗逗弄他，先避开他疯狂的攻击，接着戏耍挑衅，让他再次朝前猛扑。

“还可以啦。”托德说，“不过我最近想搬家。”

托德整个周日都在找新住处，满脑子尽是这件事，但当下一说完就后悔了。他转身想一走了之，却被矮个儿挡住去路。这家伙显然认为自己是租屋方面的专家，一口气丢出十来个地方随他选，见托德不吭声，竟擅自做主帮他挑定“圣贝纳迪诺佩章”这栋公寓。

“这地方适合你。我就住在那里，对那栋公寓了如指掌，刚好房东也正急着找房客。来吧，我来帮你搞定。”

“我不知道，我……”托德支吾地说。

矮个儿立刻打断他的话，一脸恼怒。

“你觉得不够好，是不是？嗯，我告诉你……”

托德决定任他摆布，跟着来到屏永山谷这一区。“圣贝纳迪诺佩章”的房间狭小又不很干净，但他还是毫不迟疑地租下，因为他在走廊瞥见费伊·格林纳。

第三章

托德睡着了，醒来时发现已经过了八点。他洗澡刮胡，站在衣橱镜子前着衣。调整衣领和领带时，他盯着自己的手指，尽量不要分心，但视线仍不自主地瞥向嵌在镜框上方角落的那张照片。

照片上的人是费伊·格林纳，这是她在一部二十分钟左右的滑稽剧中当临时演员的剧照。她很乐意送他这张照片，还大笔一挥亲自签名："你亲爱的费伊·格林纳"，但她拒绝他的友谊，甚至坚持两人要维持这种淡如水的关系。她曾解释原因：他没什么能给她，既无钱财，也没外貌。她只爱俊男，只愿意让有钱人爱她。托德是"心地善良"的人，她喜欢"心地善良"的人，但这种人只能当朋友。她并非铁石心肠，只不过她将爱情放在比较特别的层次上，而这个层次是无财无貌的男人无法企及的。

托德转身看着那张照片，不禁气恼嘟囔。照片里的她穿着伊斯兰后宫佳丽的服饰，全身上下土耳其式打扮，包括裤子、马甲和紧身短上衣。她躺在丝绸缎面的贵妃椅上，一手拿着啤酒，一手端着锡镴材质的酒杯。

当时他还特地大老远跑到格兰岱尔市看那部影片。影片描述有个美国推销员迷失在大马士革一位商人的后宫中，和里面的女人玩得不亦乐乎。费伊饰演其中一位女舞者，台词只有一句："噢，史密斯先生！"但就连这句话她都说得不像样。

她身材高挑，肩膀宽挺，一双腿直如刀剑。颈子很长，圆柱一般。颧骨宽大、下巴和额头窄小的一张月牙脸较身体其他地方丰满，让人错以为她比实际身材更高大。一头淡金色长发通常是放下来披在肩头，但会用一条蓝色细缎带从下方绕过去，在头顶绑个小蝴蝶结，轻轻托住头发，不让发丝碰到脸和耳朵。

在电影中她要表现出醉态，她看起来也真像喝醉了，尽管并未喝酒。她手脚张得很开，整个人瘫在贵妃椅上，双唇略启，浅浅一笑流露出忧郁苦闷的气息，以撩人之姿迎接爱人。然而，这副姿态要引诱你进入的可不是温柔乡。

托德点燃一根烟，喘息地吸了一口，拨弄起领带，目光又情不自禁回到照片上。

她不给你温柔，却给你煎熬、剧烈和尖锐。等着你的是死亡而非爱情。投向她的怀抱就像从高楼大厦纵身一跳，你会尖叫着跃下，永远别想再爬起。你的牙齿会撞上脑门，就像钉子钉进木板。还来不及吓出一身汗，还来不及闭上双眼，你已粉身碎骨。

他试着对这些思绪一笑置之，但那苦涩的一笑其实于事无补。

如果她愿意，他会毫不迟疑，雀跃投向她的怀抱，不在乎要付出什么代价，但她就是不让他这么做。她不爱他，因为他对她的演艺生涯毫无帮助。虽然他可以对她温存体贴，但她不是多愁善感的女人，也不需要男人的柔情蜜意。

他穿好衣服，匆匆出门，因为他已答应要去克劳德·雅诗家参加派对。

第四章

克劳德是很成功的电影剧作家，住在一幢大豪宅里，这豪宅活像密西西比州比洛克西市附近那幢迪普伊老宅邸的翻版。托德沿着黄杨木树篱之间的小径往前走，克劳德就站在二楼的偌大阳台上向他打招呼，那种招呼方式与这幢豪宅的南方殖民式风格还真搭调。他就像美国内战时期的上校，脚跟先着地，前后踱步，还装出大腹便便的模样。

其实他没有半点小肚子，相反地，他身材矮小干瘦，像个邮局职员，一张脸看了就惹人厌，还缩肩拱背。若穿上闪亮的羊毛外套，配上单调乏味的裤子，可就真的成了邮局职员，幸好，他的打扮一向讲究。这会儿他在褐色外套的纽孔里插上一朵柠檬花，浅红色的裤子是千鸟纹苏格兰哈里士高级毛呢，脚上一双铁锈色的高级半筒靴。衬衫是象牙色的法兰绒，还打了一条红得发黑的针织领带。

托德走上台阶握住克劳德早已伸出的手，克劳德大声唤来男管家。

“快，黑鬼，把薄荷冰酒拿出来。”

一名华人仆役拿着威士忌和苏打水跑来。

与托德寒暄过后，克劳德领着他往妻子爱莉丝的方向走去。她正在阳台的另一端。

“别跑掉啊，”他压低声音对托德说，“待会儿要去找乐子。”

爱莉丝和名为琼·苏瓦贞的女士坐在藤编吊椅上。她询问托德是否打网球，但被苏瓦贞太太打断。

“哎呀，这未免太蠢了，干吗玩那种游戏啊？把应该用来捕鱼的网子拿去让一个没用的球飞过，也不想想多少人饿着肚子等着吃一口鲱鱼啊。”

“琼可是女子网球冠军呢。”爱莉丝说。

苏瓦贞太太个头儿高大魁梧，大手大脚，肩膀方正，骨架甚大。她那张美丽的脸蛋看上去只有十八岁，但那截青筋暴露、结实有力的脖子活像三十五岁。幸好她晒得很黑，一身有点暗沉的古铜色皮肤使得她脸庞与颈部的落差不至于太醒目。

“嗯，我现在真想去妓院走走，我挺欣赏她们的。”她看着托德，眨眨眼睛，“你也是吧，哈吉特先生？”

“没错，亲爱的琼小姐，”爱莉丝代替他回答，“没有什么地方比妓院更能陷男人于不义的了。您是想以毒攻毒吧。”

“你竟敢这样侮辱我！”她站起来挽着托德的手臂，“好了，陪我到那边去吧。”她指指和克劳德在一起的那群男士。

“看在老天爷的分儿上，你就陪她去吧。”爱莉丝说，“她觉得他们一定在开黄腔呢。”

苏瓦贞太太拉着身后的托德挤入他们当中。

“你们在谈什么淫秽龌龊的事吗？我挺爱这一套。”

众人礼貌性地捧场笑笑。

“不是，我们在聊这行的正经事。”有人说。

“我才不信呢。从你们声音里的兽性我就听得出来。继续啊，再开些黄腔吧。”

这次没人笑。

托德试图松开她的手，但她仍紧抓着托德。众人陷入尴尬的沉默，半晌后，刚刚被她打断的男子起了新话头。

“电影这行太卑贱了。像库姆斯那样的人，我们早该唾弃他的。”

“是啊，”另一位男士说，“这种人跑到这里大赚特赚，却一天到晚抱怨这地方。事情搞砸后就溜回东岸，胡诌些好莱坞制片人的故事来吹嘘，事实上他根本没见过那些制片人。”

“我的天啊，”苏瓦贞太太扯开嗓门却故意做作地压低声音告诉托德，“他们果真在聊正经事。”

“那我们去找手上拿酒的人聊天吧。”托德说。

“不要了。陪我去花园吧，你见过泳池里的东西吗？”说着她就拉他走。

花园弥漫着浓浓的含羞草与金银花的气味，黑蓝色天幕上的那轮明月宛如一颗骨质的巨大纽扣。有条石铺窄径一路通往游泳池，小径两旁林立着夹竹桃。他看见池底有团深色的沉重物体。

“那是什么？”他问。

她踢踢隐藏在灌木丛底的开关，一排隐在水中的泛光灯瞬间照亮碧绿的池水。那东西是匹死马，或说如真马大小的死马复制品。它的四腿僵硬伸直，肚子鼓胀硕大。如锤头状的马头扭向一侧，痛苦而咧开的嘴角挂着黑粗的舌头。

“很棒吧！”苏瓦贞太太惊呼，还兴奋地拍手跳跃，当自己是小女孩。

“这是什么材质做的？”

“这么说你没受骗啊？还故意揭穿呢，真是没礼貌！当然是橡胶做的啊，花了不少钱呢。”

“干吗这么做？”

“好玩啊。有一天我们看着池水，有个人，应该是杰瑞·艾比斯吧，他说池底放匹死马吧，所以爱莉丝就去弄了一匹。你不觉得很可爱吗？”

“好吧，是很可爱。”

“你这语气太恶毒了，也不想想雅诗夫妇请人来参观，听到大家对这东西惊叹‘哇’‘啊’时，心里多高兴啊。”

她站在池边，看着池底，一迭声又是“哇”又是“啊”的。

“那匹马还在吗？”有人喊道。

托德转身，看到两个女人和一个男人从小径走来。

“快来看，它的肚子要爆开了。”苏瓦贞太太兴高采烈地朝他们喊。

“太好了。”男人说，快速往水底瞥了一眼。

“里面只不过充满了空气啊。”其中一个女人说。

苏瓦贞太太装出要哭的表情。

“你就像恶毒的哈吉特先生，硬是不让我想象下去。”

托德径自往屋里走，半路上听到苏瓦贞太太在后面唤他。他挥挥手，没多理会继续往前走。

克劳德身边那些男人还在聊本行的事。

“不过你要怎么弄走那些掌握电影圈的门外汉啊？他们牢牢控制了这一行，或许他们没大脑，什么都不懂，不过人家可是很厉害的生意人。至少他们知道如何管理破产企业，甚至能化腐朽为神奇，从中捞到好处。”

“他们应该把赚到的几百万美元重新投注到电影业，像石油巨子洛克菲勒弄个基金会之类的。大家以前很讨厌洛克菲勒家族，但现在没人痛骂他们从石油中赚取不义之财，反而个个称赞他的基金会做了什么善事。这招很高明，我们电影业也应该这样搞，弄个电影基金会什么的，捐钱给科学或艺术界。你们知道的，就是给我们这行粉刷点门面。”

托德将克劳德拉到一旁向他道别，不过克劳德不让他走，反而领他进书房，调了两杯双份威士忌。两人坐在面向壁炉的沙发上。

“你没去过奥黛莉·詹宁那儿吧？”克劳德问。

“没有，不过我听说过。”

“那你得亲自去看看。”

“我不太喜欢寻欢作乐这一套。”

“我们又没要干吗，不过是去看个电影。”

“我今天心情不太好。”

“到了詹宁那儿，心情就会好起来了。这女人啊，很懂得包装，能把淫荡之事搞得挺吸引人。她那间酒吧可说是工业设计产业的大胜利。”

托德喜欢听克劳德说话，他很擅长复杂的喜剧修辞学，所以说出的话语既能表达他的道德愤慨，也能维持他世故与风趣的名声。

托德以另外一种方式来暗示他：“我不在乎她用多少玻璃纸美化那种事，反正有舞女出入的场合就是会让人消沉，那种地方跟寄放处、银行、邮箱、坟墓和自动贩卖机没两样。”

“你的意思是，爱情就像自动贩卖机，是吗？这样也不错啊。投入一枚铜板，将游戏杆压到底，机器开始运作，你得到一颗小糖果。然后你站在肮脏的镜子前对自己皱眉，调整帽子，抓紧雨伞，若无其事地离开，仿佛什么事都没发生过。听起来挺不错，但不适合用来形容电影。”

托德这次开门见山地说：“爱情可不是这么一回事。我曾追求过一位小姐，那种感觉就像拎着一个塞不进口袋的大件物品满街走，譬如公文包或小皮箱，很痛苦。”

“我知道，我知道，一定很不舒服。右手拿累了，换到左手，然后将小皮箱放在地上，坐在上头休息一会儿，却惹来路人异样的眼光，甚至停下脚步来看你，你只好提着皮箱继续走。你决定把它藏在树干后面，一藏好就赶快离开，结果有个人发现了，在后面跟着你，硬要将皮箱还你。你早上离家时它只不过是个廉价的小皮箱，把手还坏了；到了晚上，它却成了一个四角钉铜皮，还挂着许多外国商标的高级大皮箱。我知道，这种题材很好，但不适合用来拍电影。搞电影，就得随时考虑到观众。珀杜的某个理发师对于这样的剧情会做何感想？他整天剪头发累得半死，可不想看到死气沉沉的家伙拿着小皮箱晃来晃去，或者玩弄着贩卖机。理发师想看的是赤裸裸的性爱画面和风流韵事。”

克劳德最后这段话其实是说给自己听的，说完后不禁深深叹了口气。正欲再次开口，华人仆役进来报告：其他人已准备好前往詹宁夫人的酒吧。

第五章

一行人分乘数辆车前往。托德坐在由克劳德驾驶的那辆车的前座，驶经日落大道时，克劳德向他描述了詹宁夫人。默片时代，她是很出色的演员，有声电影一出来，她就丢了工作。她没像其他老演员一样沦落为临时演员，或者成为小配角，而是展现出她精准的生意眼光，开了一间应召酒馆。她这人不败德，一点都不，相反地，她就像经营租书店的女人一样，精明干练，优雅，有品位。

她旗下的小姐都没住在酒馆里。客人打电话来，她才派小姐过去。一晚费用是三十美元，詹宁夫人抽佣金五成。有些人认为五成的中介费过高，不过她的每一分钱都是辛苦赚来的。毕竟这行的开销不少，除了要将酒吧装潢打点得像样，让小姐愿意在里面候客，还得派车和司机接送。

此外，她还得出入社交场合，扩展人脉，毕竟三十美元不是每个男人都出得起。她只让姑娘们伺候有钱、有身份的男人，至于品位和权势，自不待言。她很挑客人，坚持先亲自见过才让小姐服务。她不会让姑娘们去服务那种她没兴趣共度春宵的男人。她经常这么说，事实上也千真万确。

她这人也深具文化教养。不少有头有脸的人物误以为和她见面可以嬉嬉闹闹，结果发现她如此优雅而大失所望。他们很想和她聊一些天底下男男女女都有兴趣的轻松话题，岂料她坚持讨论美国女性小说家格特鲁德·斯泰因和西班牙立体主义大师胡安·格里斯。不管那些有头有脸的恩客怎么绞尽脑汁，据说有些还真的费了大把劲，就是无法找出她的高雅举止有何缺陷，或文化教养有何破绽。

詹宁夫人现身酒馆前迎接他们时，克劳德还在以他特殊的修辞方式描述她。

“真高兴再次见到您大驾光临啊。”她说，“昨天吃茶点时我还跟普林斯太太说，我最喜欢的一对夫妻就是雅诗夫妇。”

詹宁夫人长得很美，说话圆滑，嘴巴很甜，一头金发，脸色红润。

她领大家进一间小会客厅，里头色调主要是紫色、灰色和玫瑰红。百叶窗就是玫瑰红，和天花板色调一致，墙壁上则贴着缀有紫色小花的浅灰色壁纸。一侧墙上挂了可以卷放的银色银幕，银幕对面的墙边摆了一张樱桃木桌，桌子两侧各放一排椅子，椅面上铺着红灰两色的亮面印花棉布，布垫周围还滚上紫色花边。桌上有台小放映机，有个穿晚礼服的年轻人正手忙脚乱地摆弄机器。

詹宁夫人挥手要大家就座，侍者进来问客人要喝点什么。饮料送上后，她按下电灯开关，年轻人启动放映机，机器呼呼转动，画面却一直无法对焦。

“我们要先看哪部？”苏瓦贞太太问。

“*Le Predicament de Marie*（《莫莉的困境》）。”

“听起来很好看。”

“好看，真的非常好看。”詹宁夫人说。

“是啊，”还搞不定机器的放映员说，“我很喜欢这部，精湛完美，令人赞叹。”

拖了好久还没开始，那家伙仍拼命想搞定放映机。苏瓦贞太太开始发出不满的嘘声而且原地踱步，其他人跟着起哄，模仿旧时电影院里那些喧闹的观众。

“快点啦，你这慢郎中。”

“你的帽子就在这里，何时要走人啊？”

“快点弄。”

“有本事你来啊。”

借着打火机的火光，年轻人终于弄妥银幕，电影就要开始了。

片名：*LE PREDICAMENT DE MARIE*（《莫莉的困境》）或 *LA BONNE DISTRAITE*（《心不在焉的好人》）

影片中的“好人”莫莉身材丰满，很年轻，穿着紧身的黑色丝质女仆装，搭配超短迷你裙，头戴一顶蕾丝帽。第一场，她服侍一个中产阶级家庭吃晚餐。饭厅门墙镶嵌着高级橡木，里面摆设着厚实的雕花家具。这家人光鲜体面，成员包括着礼服、蓄浓胡的父亲；衣服是鲸鱼骨硬领，还佩戴浮雕胸针的母亲；一把胡子长到看不见下巴的高瘦儿子，以及发上绑着大蝴蝶结、颈上戴条十字架金链的小女儿。

这家人拿父亲的浓胡和桌上的汤汁开了一些低级玩笑后，就安静地沉浸在各自的思绪中。显然这家人都对莫莉有兴趣，但她只渴望亲近小女孩。父亲藏在餐巾底下的手偷拧了莫莉一下，儿子低头瞄她袒露的领口，母亲抚拍她的膝盖，莫莉自己则暗中爱抚小女孩。

接下来场景转到莫莉房间。她换上薄绸衬衣，但黑色丝袜和高跟鞋并未褪去。正在精心打扮时，小女孩闯进来。莫莉将她抱到膝上亲吻，这时传来敲门声。惊愕的莫莉将小女孩藏到衣柜里，开门让父亲进入。他起了疑心，她只好接受他的殷勤。就在他搂着她时，又传来敲门声。她再次惊慌失措，赶紧将男人藏在床下。这次进来的是留着长胡子的儿子。儿子才刚欲火焚身，又传来敲门声。莫莉要他爬进大橱柜中躲着。这次敲门的是女主人，她也是刚准备对莫莉毛手毛脚时就响起了敲门声。

这次会是谁？送电报的？警察？惊慌的莫莉数一数所有藏身处，全家人都来了啊。她蹑脚走到门边附耳倾听。

“这次想进入房间的是谁呢？”字幕这样写道。

此时，机器卡住了。穿着晚礼服操作机器的年轻人像莫莉一样惊慌。好不容易机器开始运转，却冒出火花，胶卷咻咻急转，直到整卷转完。

“对不起，真的很对不起。”他说，“我来倒带。”

“诡计一桩嘛。”有人喊道。

“唬人。”

“骗钱！”

“老把戏！”

观众跺脚，嘘声四起。

在嘲弄的混乱场面中，托德趁机往外溜，想呼吸新鲜空气。在走廊随时待命的侍者领他到后院。

返回屋里，他窥视每个房间。其中一间的展示柜陈列着许多迷你狗摆饰，有玻璃做的波音达犬、银质的米格鲁、瓷质的雪纳瑞、石质的腊肠狗、铝质的牛头犬、玛瑙的惠比特犬、陶瓷的巴吉度，以及木质的长耳狗。狗种应有尽有，而能用来雕塑、铸造或雕刻的所有材料也几乎都用上了。

就在他欣赏这些小摆饰时，听见有个女孩在唱歌，声音很耳熟，他探头望向走廊。是费伊·格林纳的好友玛丽·德芙。

或许费伊也替詹宁夫人工作，若真是如此，只要花三十美元……

他决定回去把电影看完。

第六章

托德以为花点小钱就能解决相思之苦的希望很快落空。他要克劳德去问詹宁夫人关于费伊的事，夫人说她从未听过这个名字。克劳德请她向玛丽·德芙打听，几天后她回电说对方拒绝透露。看来，他无缘借此亲近费伊。

但托德并不真的失望。事实上，他也不愿意通过这种方式来得到她，至少在他仍有机会通过其他方式接近她的状况下。最近，他想出一个妙计。女孩的父亲哈利病了，他正好拿这当作理由到他们家走动。他帮忙跑腿，与老人家做伴。为了回报他，她愿意将他视为家里的朋友，但仅止于此。他内心希望她能更感激他，将他当一回事。

撇开这番企图不谈，其实他对哈利蛮有兴趣，拜访他时也挺开心。这老人家像个小丑，幽默滑稽，而托德正如所有画家一样，素来就爱小丑型的人物。不过，更重要的是，他觉得哈利的插科打诨是一种线索，要让那些盯着他瞧的人借此了解他（正如画家的线索——以象征符号的形式来表现）；费伊想当大明星的梦想也是一种线索。

托德坐在哈利床边听他闲聊，一个钟头接着一个钟头。四十年歌舞杂耍和滑稽闹剧的演出生涯，让他有无数故事可说。诚如他所言，他的生活是由一连串快速熟练的杂技把戏所组成，包括“仰卧弹起”“胆战心惊高空坠落”“空中飞人”，以及“空手道一百零八手”，他靠这些技法来逃避“爆炸火炉”的猛烈攻击。所谓“爆炸火炉”是指生活中的各种天灾人祸，从加拿大梅迪森哈特市和怀俄明州的洪水泛滥，到加拿大安大略省“麋鹿工厂”小区里一个发飙的警察。

刚开始演艺生涯时，哈利只在舞台上扮小丑，现在他随时随地施展小丑本领。这是他唯一的防卫之道，因为他发现多数人不会惩罚小丑。

他会以一副优雅的姿态来强调他那种古怪又无药可救的滑稽表情，还会特别打扮，让自己看起来像个银行家，但别人一眼就看出是假的，毫无说服力。他的特殊装扮包括一顶帽冠出奇高耸、看起来油腔滑调的绅士帽，打上圆点活领结的燕子领，双排扣的光鲜西装，以及灰条纹的长裤。这种穿着打扮唬不了人，不过话说回来他也没打算故意骗人。至于他天生的狡猾个性则是另一回事。

他在舞台上表现拙劣，自己也心知肚明，不过他仍宣称曾差点成为大明星。为了证明这点，他要托德去读一份旧剪报，这是从某周日的《时报》戏剧版剪下来的。

“邋遢不堪的丑角”，标题是这么写的。

即兴喜剧未死，而是活在纽约的布鲁克林区，或者说活在一位名叫哈利·格林纳的演员身上。上周他在奥格尔索普剧院舞台上的表演活脱脱展现了即兴喜剧的精神。格林纳先生隶属于“飞扬凌氏剧团”，在此报道付梓之际，该剧团或许已迁至康涅狄格州的神秘镇或者其他地方。那些地方应该比起居民多为大家族的市镇来说更适合演出。若您热爱戏剧而且时间允许，建议您务必亲自观赏凌氏剧团演出，不论他们落脚何处。

本文标题“邋遢不堪的丑角”所指的丑角格林纳先生其实并不邋遢，事实上他刚踏上舞台时是个干净整齐、可亲讨喜的角色，不过在他和凌家四位阳刚的东方演员合力演出的过程中，他慢慢变得邋里邋遢。然而，即便被捉弄得头破血流、不忍卒睹，他仍是个可亲的讨喜角色。

格林纳先生进场时，号角声适时结束。凌妈妈咬着的棍子顶端有个盘子正在旋转，凌爸爸骑单轮车，凌姐姐耍扇子，凌小弟靠着发辫垂吊在舞台拱门上。格林纳先生看着这群卖力演出的同伴，努力做出世故的表情来掩饰慌乱。他以天真殷勤的姿态冒险去逗弄凌姐姐，结果她往他肚子上狠踹一脚。早已熟悉这种待遇的他被踹了之后，面不改色地说起乏味的笑话。凌爸爸偷偷走到他背后，将他一把抓起扔给凌小弟，但凌小弟正看着别处，格林纳先生重重跌落，颈背撞地。他斜瘫在地上，继续把那无聊的笑话说完，证明自己毅力十足。原本对他那乏味的笑话根本笑不出来的观众，见他起身后的跛脚模样反倒笑了，于是他就这么瘸着演完整场。

格林纳先生讲起另一个更冗长无趣的故事。就在快要说到笑点时，乐队突然轰隆奏起，淹没他的声音。很有耐心且勇敢的他继续说下去，但乐队不让他讲完。那几乎压垮（感谢上帝，没真的压垮）他倔强小身躯的痛楚似乎真的痛到令他难以忍受，若他没故意装痛的话。这种痛苦表情反倒让观众觉得有趣极了。

结尾最精彩。凌氏一家人一个个在空中飞荡，务实且具有地心引力知识的格林纳则坚持固守地面。他以手势说明那四个东方人飞腾半空的举动对他来说司空见惯，既没吓到他，也没让他担忧，不过他脸上的神情却否定这套肢体语言。时间一分一秒过去，眼见没人受伤，他开始重拾自信。那些特技演员不把他当一回事，他也无视他们的存在。终于，他赢得最后的胜利，观众为他鼓掌欢呼。

看完整场表演，我第一个念头是独具慧眼的制作人应该找格林纳先生去演大型的时事滑稽剧，让他有机会在美女环绕与布帘闪亮的舞台上大展才华。不过我随后想想又觉得不可行，因为我怕格林纳先生会像某些卑贱野草，移植到沃土反倒枯萎凋零。所以，对他来说，或许继续留在特技杂耍团里，跟着口技演员和骑单轮的姑娘一起演出，才会大放异彩。

哈利留了十几份剪报，其中有些已经破烂不堪。为了扩展演艺事业，他先在《综艺》杂志上刊登一则小小的个人广告，广告上写着“……独具慧眼的制作人应该找格林纳先生去演大型的时事滑稽剧……《时报》”，然后出发到好莱坞，希望能在电影中演点喜剧角色，借此谋生。但事实证明好莱坞不太需要他的才能。就像他自己说的，他已经“饿到发臭”，所以为了补贴在制片厂拍戏的微薄收入，他开始挨家挨户兜售他在自家浴室以白垩粉、肥皂和黄色润滑油制成的亮光剂。女儿费伊没去“中央演员经纪公司”时，就会开着她的福特 T 型车载着老爸四处兜售。就在上次出门销售途中，他病倒了。

费伊的追求者荷马·辛普森也是在那次兜售途中出现的。哈利卧床后一星期左右，托德首次见到荷马。那天他正陪着老头儿闲聊，门口传来轻轻的敲门声，打断了他们的谈话。托德前去应门，走廊有个男人手里拿着要送给费伊的花束和她父亲的葡萄酒。

托德热切地打量他。他不是故意表现无礼，但第一眼见到这男人就觉得他正是那种来加州寻死的人。那双兴奋的眼睛和不安分的双手，每一处细节都透露着这种信息。

“我叫荷马·辛普森。”男子喘着气说，神色突然变得很慌张，还以折叠整齐的手帕拍拍根本没半滴汗珠的干燥额头。

“要进来坐吗？”托德问。

他猛摇头，将酒和花束塞到托德手上。托德来不及开口，他就慌乱笨拙地跑开。

托德明白自己想错了，荷马·辛普森只是外表看起来像那种人。事实上，他心里想的那种人根本不会像他这么害羞。

他将花和酒拿进屋给哈利，哈利似乎对这礼物一点都不惊讶。他说荷马是他的顾客，他非常感激他。

“我那神奇的亮光剂想必切中他们的需求。”

稍后，费伊回来听到这事，觉得很有趣。父女俩你一言我一语，描述当初是如何遇见荷马的，两人还相互插嘴，没说几句就哈哈大笑。

接着，托德发现荷马躲在对街那棵枣椰树的树荫底下，直盯着费伊家。托德观察了他几分钟，大声唤他，向他打招呼，但荷马没半点回应就跑开了。转天和第三天，托德又看见他在枣椰树附近徘徊。他决定从后面悄悄靠近，这才有机会和他说上话。

“嘿，辛普森先生，”托德轻声说，“格林纳父女很感激你的礼物。”

这次荷马没跑开，或许是因为托德把他按在树上，他想跑也跑不了。

“哦，那就好。”他紧张地解释，“我刚好路过这里……我就住在街道另一头。”

托德在荷马溜开之前，设法和他聊了几分钟。

之后，托德无须偷偷靠近便能直接和荷马说上话了。从那时起，荷马对托德的主动示好就会快速响应。托德所表现出来的同情心，终于让荷马愿意开口，甚至主动说得喋喋不休。

第七章

至少有件事托德想得没错：荷马也是中西部人，正如他有兴趣了解的许多人一样。他来自艾奥瓦州首府第蒙市附近的小镇维恩纳维尔，在那里的一间旅馆工作了二十年。

有一天，他坐在公园里淋了雨，感冒恶化成肺炎，出院后才发现旅馆已请了新会计来代替他。他们愿意继续雇用他，不过医生建议他到气候较好的加州静养。医生以权威专业的口吻对他如此建议，就这样他离开维恩纳维尔小镇，搬到西岸来。

在洛杉矶一家铁路旅社住了一星期后，他在屏永山谷租了一间小屋。中介只带他看过一间，这是第二间，看了之后他就决定租下。一方面是因为他累了，另一方面房屋中介开始耍出流氓姿态。

他喜欢小屋所在位置。这是山谷地区最后一间房屋，车库后方就是山丘。整片坡地长满鲁冰花、风铃草、罂粟花和各种黄色的大雏菊，另外也有灌木松、乔舒亚树和尤加利树。房屋中介告诉他，应该还见得到鸽子及羽毛丰满的鹌鹑。不过，住在这里的期间，他只见到几只黑亮的大蜘蛛和一只蜥蜴。慢慢地，他开始喜欢蜥蜴了。

这屋子很难租出去，所以租金较便宜。想住这一带的人多半喜欢“西班牙式”的房子,而这间,根据中介的说法，属于“爱尔兰式”。荷马觉得这屋子看起来有点怪，不过中介坚持说这屋子很可爱。

这房子的确怪。石砌大烟囱弯弯曲曲，小巧的屋顶天窗有巨大窗罩，茅草屋顶往下延伸，低到正门两侧。门是由含树脂的树木所造，还涂成烟熏过的橡木色，以巨大铰链固定住。这铰链虽由机械所制，但精心压印得仿佛手工打造。屋顶的茅草也以同样谨慎且熟练的技巧制成。厚重的防火纸板经过上色和棱纹处理后变得栩栩如生，宛如真实的茅草。

至于屋内客厅则遵循当时流行的西班牙风格。墙面是浅橘色，饰以粉红色斑点，上头还挂着几面红色与金色的丝质锦旗。壁炉台上摆着一艘巨大的西班牙古帆船，石膏船身，纸制帆篷，索具则是铁线打造。壁炉里有各式仙人掌，种植在色彩鲜艳的墨西哥风格花盆里。有些植物是橡胶和软木做的，有些是真正的植物。

墙上那一盏盏帆船形状的壁灯照亮屋子，琥珀色的灯泡突出于甲板上。桌上那盏台灯的纸灯罩上了一层油，看起来像羊皮纸，还绘有几艘古帆船。每扇窗上方有双头的鱼叉形黑色窗帘杆，杆上挂着红丝绒帘幔。

室内家具包括一张厚重沙发和三把椅面绷得鼓胀的红色扶手椅。沙发四脚绘有四个胖僧侣，椅面铺着褪色的红缎布。正中央摆了一张红木长桌，椅腿是支架形，以大头铜钉固定住。每张椅子配有小茶几，颜色及款式与大桌一致，茶几面上嵌着彩色瓷砖。

两间卧室采用另一种风格，中介称之为“新英格兰”风。房内的床尾和床头都是镂空设计，床架的铁丝材质经过处理后呈现木质效果。卧房里还摆了一张茶馆常见的高背斜脚木椅，以及一个古董型衣柜，颜色处理得很像没上漆的松木。地上有张钩针编织的小地毯，衣柜对面的墙上有幅彩色蚀刻画，图案是康涅狄格州大雪冰封的农舍和狼只。两间卧房如出一辙，墙上画饰也一模一样。

另外还有浴室和厨房。

第八章

荷马只花了几分钟就在新家安顿下来。他打开行李箱，拿出两套深灰色的西装，挂在卧房衣橱内，并将衬衫和内衣放进衣橱抽屉。他压根儿不想重新调整家具的位置。

在屋子和院子漫无目的地晃了一圈后，他在客厅的沙发上坐下，坐姿看起来活像在旅馆大厅等人。他就这么坐了半小时，除了两只手，全身上下一动也不动。随后他起身，走进卧房，坐在床沿。

还没到傍晚，他已昏昏欲睡。他不敢舒服地摊开四肢躺平睡觉，倒不是因为怕做噩梦，而是因为他一睡着就很难醒。每次入睡，他都怕会一觉不起。

然而，当下的睡意压过恐惧。他取出闹钟，设定好七点，便躺下来将闹钟放在耳边。两小时后闹钟响了，但时间仿佛才过几秒。闹钟整整响了一分钟，他才费力地清醒过来。他挣扎呻吟，摇晃着头，双脚窜出被褥。终于，他张开双眼，睁得老大。再一次，他被意志力战胜了。

他躺在床上，慢慢恢复意识，测试身体各部位是否苏醒。都醒了，除了双手以外。他的手仍在沉睡。他不惊讶，很小的时候它们就需要特别关注。小时候他会用针刺手来唤醒它们，有一次还将手伸入火里，不过现在只需冰水就足够。

他像个制造不良的自动化设备，得以分段的方式陆续起身，接着将双手提进浴室，扭开水龙头，冷水注满水槽后将双手放入，浸到手腕处。它们像一对古怪的水中生物，静静躺在水槽底部。等到双手由外冷到里头，甚至泛起鸡皮疙瘩，他才将手抽出，以毛巾裹住。

他觉得好冷，于是在浴缸里注入热水，开始解衣。那笨拙摸索纽扣的姿态仿佛正在解陌生人的衣物。浴缸的水还没满到足以全身浸入，他就褪尽衣物坐在板凳上等着。他将那双大手交叉置于腹部，虽然它们一动也不动，但姿态仿佛正在压抑克制而非静静地搁放着。

他的身体各部位还算匀称，除了双手大到似乎属于巨大雕像,头颅显得过小。他的肌肉硕大浑圆,胸膛丰厚结实,但总让人觉得哪里不对劲。虽有健壮体格，他看起来却既不强壮，也没活力，反而像毕加索笔下那些无精打采的高大运动员，他们在粉红色的沙滩上沉思，神情绝望地凝视着以大理石纹理所呈现出的海浪。

浴缸注满，他整个人泡进热水里，不禁舒服地哼吟。然而，没过多久，往事就浮上心头。他想借由泪水来压抑回忆，于是将那经常潜伏在胸口的郁闷通过低泣宣泄出来。一开始是轻声呜咽，而后放声号哭，哭声宛如狗儿咂咂舔食的声音。他设法沉浸于自怜的情绪中，啃食着自己的寂寞与可悲，但这招显然没用，他死命想躲开的那件事仍不断地钻入心头。

那时他还在旅馆工作，一位叫罗莫拉·玛丁的女房客有一天在电梯里与他攀谈。

“辛普森先生，你就是那个会计辛普森吧？”

“对。”

“我住六一一号房。”

她身材娇小，像个小女孩，神色机警慌张。怀里抱着一个盒装物，一看就知道里头是方形瓶装的杜松子酒。

“对。”荷马再次回答，努力压抑原本亲切的个性。他知道玛丁小姐已经积欠几周住宿费，而且听客房管理员说她成天醉醺醺的。

“哦……”女孩娇嗔地说,刻意突显出两人身材的悬殊，“真是对不起啊，你一定很担心账单，我……”

她装熟的亲昵口气让荷马很不自在。

“账单的事你自己和经理谈。”他厉声说完转身走人。

回到办公室时他全身颤抖。

这女人真厚颜啊！没错，她是醉了，但应该没醉到不知道自己在干什么。他迅速将他那激动的情绪归类为厌恶。

没多久，经理打电话要他将玛丁小姐的账单带过去。他进经理办公室时，发现客房管理员卡莱尔小姐也在那儿。荷马听着经理和她的对话。

“你让六一一房的客人继续住下来？”

“是的，经理。”

“为什么？她惹的麻烦够多了，不是吗？”

“她清醒的时候不会的。”

“算了。我们旅馆里不要这样的客人。”

“对不起。”

经理转身向荷马拿他手中的账单。

“她积欠了三十一美元。”荷马主动说。

“我会要她付清账款后滚蛋的，我可不想见到这种人出现在这里。”经理笑着说，“尤其还积欠这么多住宿费呢。替我打电话到她房间。”

荷马要总机拨电话到六一一号房，过了一会儿，总机说没人应答。

“她在房里，”荷马说，“我刚刚在电梯里见到她。”

“我叫清洁妇上去看看。”

荷马回到自己办公室忙着看账，几分钟后电话响起，这次又是经理。他说，清洁妇回报六一一房的客人在房内，要荷马拿账单去给她。

“叫她把钱付清，然后滚蛋。”经理说。

他第一个念头是要卡莱尔小姐去处理，因为他忙得很，不过他没胆违逆经理命令。刚刚在看账时，他才察觉自己内心其实很兴奋，想到这点就觉得很可怕。悸动浪潮沿着他的神经蔓延，在他舌根底部隐隐刺痛。

他抵达六楼，有一种几近雀跃的感觉。脚步变得轻盈，完全忘了手中的棘手账单。他走到六一一号房，停步，举起手准备敲门，却突然害怕起来。他放下拳头，没碰着门。

他办不到。他们得派卡莱尔小姐出马。

走道尾端的清洁妇全程注视他的举动，他没来得及溜开，她就上前来。

“她没应门。”荷马仓皇地说。

“你敲得够大声吗？那贱货就在里头。”

荷马来不及回答，她径自用力敲起门来。

“开门！”清洁妇还大声吼着。

荷马听见里头有动静，随后门开了一道小缝。

“谁啊？”她轻声问。

“是我，会计辛普森先生。”他喘息地说。

“请进来吧。”

门打开，荷马进去，没敢转身看清洁妇一眼。他慌张地直直走到房间正中央才停步。一开始，他只闻到浓浓的酒精和闷浊的香烟味，随后嗅到这些气味底下有一股金属类的香水味。他目光慢慢地环视房内一圈。地上凌乱散落着衣物、报纸、杂志和瓶子。玛丁小姐窝在床上的某个角落，身穿一件男用黑色丝质翻领睡袍，袖口是浅蓝色。一头短发的质感和发色如稻草一般，此刻的她看起来像个小男孩。尤其是湛蓝的圆眼睛、粉红的圆鼻子和红色的圆嘴唇，让她看起来更青春洋溢。

荷马忙着感受内心逐渐澎湃的悸动，一时开不了口也无法思考。他闭上眼，更加谨慎地呵护那种感觉。他得小心，万一操之过急，那感觉就会枯萎，他又会冷却。他想让情愫滋长下去。

“请出去，我醉了。”玛丁小姐说。

荷马没移动也没说话。

忽然，她啜泣起来，粗哑哭声似乎发自肺腑，还将整张脸埋入手心，双脚用力跺地。

荷马情绪激动，头部僵硬地上下晃动，仿佛成了玩具中国龙的晃抖龙头。

“我身无分文，一毛钱也没有。告诉你，我真的没有钱。”

荷马掏出皮夹，走向女孩，那姿态看似要以皮夹攻击她。

她畏缩地往后躲开，哭声愈加响亮。

他将皮夹丢在她腿上，站在她面前，不知道还能怎么办。她看见皮夹，露出一抹微笑，但继续啜泣不停。

“坐下来吧。”她说。

他在她身边的床上坐下。

“你这个陌生人，”她娇羞地说，“对我这么好，我应该吻你一下。”

他将她拉进怀里，紧紧拥抱。这突如其来的举动惊吓到她，她极力挣脱，但他紧抱不放，甚至笨拙地抚摩起她来。他完全没意识到自己的举动，只知内心感到无比甜蜜，而且必须让这哭泣的可怜女人也感受到这种甜蜜。

玛丁小姐的啜泣逐渐平息，最后完全停止。他感觉到她焦躁不安，但也恢复了力气。

电话铃响。

“别接。”她说，再次低泣。

他将她轻轻推开，踉跄走过去接电话。是客房管理员卡莱尔小姐。

“你还好吗？”她问，“要不要我们找警察来？”

“没事。”他回答后挂上电话。

激情退去，他无法回到床上。

玛丁小姐看他那万分苦恼的模样，不禁笑了出来。

“把杜松子酒拿来，你这个大傻瓜。”她兴高采烈地喊着，“就在桌子底下。”

眼见她以明确无疑的挑逗姿态大大咧咧地摊开身体，他吓得立刻跑出房间。

现在，身处加州的他哭泣着，因为那天之后他再也没见过玛丁小姐。隔天，旅馆经理告诉他，他表现很好，因为她付清住宿费，退房离开了。

荷马想找她。维恩纳维尔镇上还有另外两家破烂小旅馆，他两家都问过，但毫无所获；也问了几个分租的地方，一样没她的消息。看来她已离开镇上了。

他回到往日生活，一天工作十小时，用餐两小时，其余用来睡觉。后来他感冒，医生建议他到加州好好休养。即使有阵子不工作，他也能轻松负担得起，因为父亲遗留给他六千美元，在旅馆担任会计的二十年里，他也攒了至少一万美元。

第九章

他爬出浴缸，以一条粗毛巾快速擦干身体，走进卧房穿衣。他觉得此刻的自己比往常更蠢、更疲惫。他内心总是波涛汹涌，翻腾高涨，愈涨愈高，仿佛要将眼前所有这一切冲走。但浪头永远不坠落。处在浪峰顶端经常会出事，然而浪头一崩，浪潮就会往后急退，像水流进排水沟，一去不回头，留下的充其量只剩情感的余渣。

他花了好长时间才穿好所有的衣服。每穿一件就渴望停下来歇息，尽管他根本没费多大力气。

屋里没东西吃，他得往下走到好莱坞大道。本想等明早再说，后来决定动身，即使肚子不饿。才晚上八点钟，下去走走能消磨时间，否则坐在屋里无所事事，很可能又抗拒不了昏睡的念头。

夜晚温暖静谧。他沿着铺整过的道路走下山。经过两盏路灯之间的阴暗处时疾行通过，走到路灯的光环底下则停步休息一会儿。抵达好莱坞大道，他压抑想奔跑的冲动，在街角伫立数分钟，想弄清楚所在的位置。他立定原处，调整心情准备继续前进，这时心中的恐惧让他的姿态不至于鲁莽，反而几近优雅。

几名路人从他身边经过完全没理睬他，他这才镇定下来，理了理大衣领子，准备过街，没走两步就听见有人唤他。

“嘿，先生。”

是个乞丐，从一处阴暗的门口看见荷马。根据他在街头讨生活所培养的精准直觉，他知道荷马这种人不难应付。

“赏个铜板吧？”

“不要。”荷马的拒绝口吻一点说服力也没有。

“赏个铜板吧？”乞丐笑笑，又问了一次，这次略带威胁，边说还边伸手戳向荷马的脸。

荷马在放零钱的口袋里摸索，掉出几枚铜板。趁着乞丐在人行道上仓促捡拾，他赶紧溜过街。

他进入偌大的“日金市场”，里面灯火通明，所有设备都是镀铬，地面和墙面铺饰着白色瓷砖。橱窗和柜台以五颜六色的聚光灯照明，给各种食物增添明亮自然的色彩。柑橘沐浴在红光里，柠檬看起来黄澄澄，鲜鱼映衬着淡绿光，牛排以玫瑰红打亮，鸡蛋则是象牙色的白光。

荷马直接走到罐头食品部，买了一罐蘑菇汤和一罐沙丁鱼，再加上半磅的苏打饼，这些食物应该够当晚餐吧。

他拎着一包包食物走出街道，准备步行回家。来到通往屏永山谷的转弯处时，他看见陡峭的山坡一片漆黑，决定转身回到灿亮的大道上，原想等到有人要上坡时再跟着走，不过最后还是搭了出租车。

第十章

荷马除了准备简单三餐外，整日无所事事，但他并不觉得生活单调乏味。事实上这四十年来，除了罗莫拉·玛丁那件事以及久久偶发的一两桩事件外，他的生活本来就一成不变，不起波澜。会计的工作很机械，他整日呆板地去加那些数字，以不带情感的客观态度来记账，而现在他也用这样的态度来开罐头，整理床铺。

若有人观察在小屋附近走动的他，或许会以为他在梦游，要不就是半瞎之类的。他的手仿佛自有生命和意志，也就是说，拉直被单、拍打枕头都是这双手自己做出的动作。

有一天，他打开鲑鱼罐头当午餐，不小心把拇指割伤得很严重。虽然伤口很疼，但他惯有的冷静与微愠的神情依旧不变。受伤的那只手在餐桌上痛苦地蠕动，后来才靠它的同伴，亦即另一只手将它泡在热水中。

若没忙着整理家务，他会坐在后院（中介宣称这是个西班牙式的中庭）那张破旧躺椅上。通常吃完早餐，他会立刻到这里晒太阳，腿上放着在衣柜里发现的一本破书，只是搁着不看。

后院里除了他习惯面对的那个方向，其他方向都有更美的风景，甚至将椅子挪动四分之一圈，就能一览山坡蜿蜒至下方城市的大半风光，但他从未想过这么做。从他所坐之处，见到的不过是车库紧闭的门和一片以防水柏油纸覆盖的简陋屋顶。车库前方是一座熏黑的砖砌焚化炉，地上还有一堆生锈的铁罐。右侧不远处，是一片几成废墟的仙人掌花园，里面有几株饱受大自然摧残的植物努力苟活着。

其中一簇植物有着如桨橹状的肥厚叶片，上面布满难看的针刺，但正开着花。最顶的叶片尖端冒出一朵鲜黄色花朵，类似蓟属植物所绽放的花，但感觉更粗糙些。不管劲风如何吹刮，它的花瓣从未颤抖。

在它底部附近的洞穴里住着一只蜥蜴，身长约五英寸[1]，一片叉状的细舌会从楔形头颅里迅速窜出。蜥蜴在这里艰难地求生存，靠着从那堆废铁罐不小心飞进仙人掌区的苍蝇勉强果腹。

这只蜥蜴害羞易怒，荷马观察它的举动，觉得挺有趣。每次谨慎精心地偷偷靠近猎物，却仍让猎物逃掉时，它的短腿就会不安地动来动去，还愤怒地鼓胀喉咙。它身上的颜色与仙人掌完美融合，但一移动到大批苍蝇聚集的罐头堆，就会变得过于显眼。通常它会坐在仙人掌上好几小时不动，最后忍不住往罐头堆移动。当然苍蝇一眼就会见到它。几次失误后它只好害羞地溜回原来的驻守地。

荷马站在苍蝇那一边。每次苍蝇飞得太远，经过仙人掌，他就会默默祈祷它能继续往前飞，或者往后返回罐头堆。若苍蝇在仙人掌区停下来，蜥蜴就会偷偷潜进，这时他一面默默期盼有东西能警告苍蝇，一面屏住呼吸观察，直到苍蝇被蜥蜴猎捕。不论多希望苍蝇逃脱，他从未想过

1　1 英寸为 2.54 厘米。

出手干预，而且也小心翼翼不发出半点声响。偶尔蜥蜴失手，荷马就会开心大笑。

荷马的生活围绕着阳光、蜥蜴与房屋，过得还算不错，然而很难说他到底快不快乐。或许他就和植物一样，无所谓快乐或不快乐，差别只在于他有回忆扰动心情，而植物没有。然而，经过痛苦的第一晚后，现在连回忆也静默了。

第十一章

这样的日子过了将近一个月,有一天正要准备午餐时,门铃响起，他打开门，有个男人头戴绅士帽、手拿装有样品的手提箱站在台阶上。荷马立刻关上门。

门铃又响起。他从最靠近门的那扇窗户探出头，挥手要男人离开，对方彬彬有礼地鞠躬，说希望能讨杯水喝。荷马见老人很疲累，心想应该没什么关系，于是从冰箱拿了一瓶水，开门让他进屋。

“先生，我叫哈利·格林纳。”男人以歌唱般的语调自我介绍，声音抑扬顿挫。

荷马递上一杯水，他快速喝下，又主动给自己倒了一杯。

“真是万分感激啊，”他恭敬地鞠躬道谢，“现在我整个人舒服多了。”

荷马吃惊地看着哈利再次哈腰鞠躬，快速跳了几个吉格舞步，让绅士帽在手臂上滚动。帽子掉到地上，哈利弯腰拾起后猛然站直，仿佛屁股被人踹了一下，还装出可怜兮兮的模样搓搓臀部。

荷马看出对方想逗他开心，忍不住笑了出来。

哈利再次鞠躬感谢他，不过脸色突然不太对。这躬鞠得太费劲，他脸色发白，慌乱抓着衣领。

“突然微恙。”他喃喃说道，连自己都搞不清楚是在演戏还是真的病了。

“坐下来吧。”荷马说。

但哈利还没表演完。他露出风度翩翩的笑容，故意踉跄几步走向沙发，然后自己摔倒，假装气愤地察看地毯，发现绊倒他的东西后将它踢开。他一瘸一拐地走到沙发边坐下，噘起嘴叹了口气，那声音真像气球泄气。

荷马又倒水给他，哈利想起身接水，但荷马将他按下，让他坐着喝。如同前两杯，哈利大口灌下，然后以手帕擦嘴，模仿大胡子喝完啤酒，想擦拭满胡酒沫的模样。

“你人真好，先生。”他说，“别怕，终有一天我会千百倍报答你的。”

荷马咯咯笑。

哈利从口袋拿出一个小罐子递给荷马。

“以特别价格优惠你。这罐‘神奇溶剂’是现在最棒的亮光剂，所向无敌，连电影明星都爱用……”他以连声大笑中断自己的广告语。

荷马接下罐子，努力表现得热衷：“谢谢，多少钱？”

“平常零售价是五十美分，不过我以优惠价二十五美分卖你，我跟工厂拿的批发价就是这个价钱。”

“二十五美分？”荷马问，精打细算的习惯战胜了害羞个性，“这种价钱在商店里买到的亮光剂都比这罐大两倍呢。”

哈利明白这对手不好应付。

“拿去吧，拿去吧，免费送你。”他故意摆高姿态。

荷马果然上当，提出异议。

“我想，或许你的这罐质量比较好吧。”

“算啦，”哈利说话的口吻像在拒绝贿赂，“你把钱留着吧，我不想要。”然后笑了一下，这次是苦笑。

荷马掏出零钱递给他。

“拿着，拜托，我知道你需要这笔钱的。我买两罐吧。”

哈利成功引诱对手跳下陷阱。他开始发出各种笑声，每种都夸张做作，就像演奏会前练唱试音的乐手。终于找出最合适的一种笑法后，他放声大笑。这是受害者式的笑声。

“拜托，别笑了。”荷马说。

但哈利不停止。他真的病了。帮助他在自怜坡道上平衡站立的最后一块木头被撞掉了，现在他往下滑行，冲力愈来愈猛。他跳起来，摆起各种姿态：哈利·格林纳；可怜的哈利；诚实的哈利；好心肠、谦卑、有功该受赏的哈利；好丈夫、模范父亲、虔诚基督徒，以及忠实的朋友。

荷马完全不欣赏他的演出，甚至是吓坏了，心想要不要叫警察。不过他什么也没做，只是举起手阻止哈利。

哑剧表演尾声，哈利头往后仰，手抓住喉咙，但姿态仿佛在等待落幕。荷马又倒了一杯水给他，这次哈利没喝完。他再次鞠躬，将手中的帽子往胸口一挥，又开始表演。

没多久，他痛苦地喘息起来。霎时，他成了发条扭转过紧的玩具，身体里仿佛有什么东西啪地断裂，让他不受控制地旋转，不知情的人还以为旋转是他现在要表演的戏码。这种表演得靠强健肌肉，就跟中风病人起身跳舞一样费力。他快步起舞，耍玩帽子，假装被人踹了一脚，跌跤，和自己握手。最后，以令人不解的抽搐动作结束演出，蹒跚地走到沙发，整个人瘫倒下去。

他闭眼躺在沙发上，胸膛起伏。对于这失常现象，他自己比荷马更惊讶。这套戏码今天已表演过四五次，都没发生这种事。看来他真的病了。

“你刚刚痉挛了。”哈利睁开眼睛后，荷马这么告诉他。

慢慢地，哈利觉得好多了，也重拾自信。他将自己病了的念头抛开，甚至恭贺自己有了毕生最精湛的演出，或许还认为这番精彩表演值得俯身照顾他的大傻瓜打赏五美元呢。

“你家里有酒吗？”他虚弱地问。

杂货店老板曾送荷马一瓶葡萄酒请他品尝，他取出那瓶酒，朝平底玻璃杯倒入半杯，递给哈利。他小口啜饮，装出吃药的表情，然后以看似极痛苦的姿态慢慢说话，要荷马将他的手提箱拿进来。

“就在门外台阶上，不拿进来会被偷走的。我仅剩的一点点财产几乎全投资在这些亮光剂上。”

荷马遵命走到门外拿手提箱，看见有个小姐站在路边。是费伊·格林纳，她直盯着他家看。

“我父亲在里面吗？”她大声问。

“格林纳先生吗？”

她一听直跺脚。

“对，叫他离开，该到下一户人家去了。该死，我可不想整天耗在这里。”

“他生病了。”

女孩转身，荷马看不出她是没听到还是漠不关心。

荷马将手提箱拿进屋,发现哈利又给自己倒了一杯酒。

“真不错,”他边说还边舔舔唇,“真好喝。好喝，好喝，或许我大胆一点，直接问你多少钱吧……”

荷马打断哈利。他不喜欢贪杯的人，现在很想把哈利赶出去。

“你女儿在外面，”他努力保持镇定，“她要找你。”

哈利瘫回沙发，重重喘息。又在装了。

“别告诉她啊，”他上气不接下气地说，“别告诉她，她老爹病得多严重，千万别让她知道啊。”

荷马不敢相信世上竟有这么矫揉造作的人。

“你现在好多了，”他竭尽所能表现冷淡，“干吗不回家呢？”

哈利冷冷一笑，表示主人的无情态度让他气愤又伤心。见荷马没说话，他不笑了，鼓足勇气小心翼翼地从沙发上起身，站了一分钟后虚弱地摇晃起来，踉跄跌回沙发上。

“我头好晕。”他呻吟。

他再次感到既惊又怕，因为他是真的头晕。

“去找我女儿来。”他喘着说。

荷马看见他女儿站在路边，背对屋子。听见他叫唤，她旋即转身跑来。他打量了她一眼后先行进屋，没闩上门，好让她进入。

费伊冲进屋里，没理会荷马，直接奔向沙发。

“到底怎么了？”她激动地问。

“亲爱的女儿啊，我病了，这位好心的先生让我在这里休息。”

“他刚刚好像痉挛。”荷马说。

她倏地转身，吓了他一跳。

“你好。”她伸出手，朝他举高。

他战战兢兢地与她握手。

“很高兴见到你。”她说。

他喃喃咕哝了什么。她再次转身去看父亲。

“我的心脏有问题，我站不起来。”

她很清楚他销售亮光剂那套伎俩，明白他的戏码里没有这个剧情。她转身面向荷马，满脸忧虑。现在她的头没仰高，而是朝前低垂。

“请让他在这里休息一会儿。”她说。

“好，当然没问题。”

荷马的手挥向一张椅子，请她就座，然后找了火柴，帮她点烟。他努力不直视她，不过这种礼貌显然多余，因为费伊很喜欢被人注视。

他觉得她好美，不过更让他倾心的是活力。她有点紧张，但充满活力，就像崭新的汤匙一样闪烁耀眼。

虽然她已十七岁，一身蓝色水手领白色棉质洋装却让她看起来像十二岁。她裸着一双长腿，脚上穿着蓝色凉鞋。

“对不起。”留意到荷马再次关心地瞥看父亲，她这么说。

他以手势表示没什么。

“我可怜的爸爸心脏不好，我三番两次求他去看医生，不过你们男人都是一个样。”

“对，他应该去看医生。”荷马说。

但她接下来响应的矫揉声音和姿态令他不解。

“现在几点？”她问。

“大约一点。”

她忽然起身，双手自两边发侧埋入头发中，闪着光泽的发丝因而在头顶隆起。

“哎呀，”她模样可爱地倒抽一口气惊呼，“我有个午餐约会啊！”

她继续高举双手抓着头发，这姿势让原本贴身的洋装显得更紧绷。荷马看见洋装底下小巧的弧形肋骨和微凹的小腹。这副优美的体态就像她其他的举止一样，似乎没特别的意思，而且完全符合社会规范，也因此使得她看起来自然得像个舞者，而非装模作样的戏子。

“你喜欢鲑鱼沙拉吗？”他冒险提问。

“鲑鱼沙——拉？”

她似乎在对自己的胃重复这个问题。答案是“喜欢”。

“会加很多美乃滋（一种甜酱）吧？我喜欢美乃滋。”

“我打算把鲑鱼沙拉当午餐，现在要去准备呢。”

“我来帮忙吧。”

两人进厨房前看了哈利一眼，他似乎睡着了。他打开鲑鱼罐头，她找了把椅子，两腿张开，面朝椅背坐下，双手交叠放在椅背顶端，下巴搁在手臂上。每次他看她，她就亲昵地对他笑笑，将滑顺的淡黄秀发往前撩，再往后拨开。

兴奋的荷马双手快速料理，没多久就端出一大碗鲑鱼沙拉。他拿出最好的桌布和最好的银叉匙及瓷盘。

“光看就让我饥肠辘辘。”她说。

她说这话的表情，仿佛表示让她饥饿的是荷马，他开心地对她笑笑。他还没坐下，她就径自吃了起来。她先在一片面包上涂奶油，在奶油上撒点糖，大口咬下。接着她动作敏捷地在鲑鱼上抹了一大坨美乃滋，一口吃掉。就在他准备坐下之际，她要求喝点什么。他倒了一杯牛奶给她，像个侍者站在旁边看着她用餐，丝毫不觉得她粗野无礼。

她大快朵颐地吃完沙拉，他立刻递上一大颗红苹果。她放慢速度优雅地小口啃着，小指还微微翘起。吃完苹果，她回到客厅，荷马跟在后头。

哈利仍躺在沙发上，姿势正如他们刚刚离开时一样。中午的炙热阳光像一记棍子直接打在他脸上，但他几乎没有察觉，因为他忙着应付胸口的刺痛，忙到甚至无暇策划怎么从这傻瓜身上大捞一笔。

荷马拉上窗帘，帮他挡住直射脸上的阳光，哈利甚至没注意到。他专心思索着死亡。费伊俯身靠向他，从半闭的眼皮，他看见她期望他能做点让她安心的举动。他拒绝这么做。他端详她脸上装出的可怜模样，从心里反感。在这种严肃时刻，她演过头的哀伤神情反倒成了一种侮辱。

“跟我说话啊，爹地。”她恳求。

她正在折磨他，但她不知道。

“搞什么啊，”他咆哮，“在演汤姆叔叔那一出吗？”

他突如其来的愤怒吓到了她，她顿时挺直身子。他不想笑，但来不及克制，扑哧笑了一声。他紧张地等着接下来会发生什么事，确定哈哈笑不会让胸痛加剧后，索性继续笑。一开始笑得有点胆怯，但随后更有自信。他笑的时候闭起双眼，任凭汗水流下额头。费伊知道现在要阻止他只有一种方法，就是去做他憎恨的事，而且憎恨程度必须不亚于她对他笑声的厌恶。于是她唱起歌来。

哎哟喂呀！

你从哪里弄来那双眼睛呀？

她轻松地扭动臀部，摆头晃脑。

荷马很惊讶，他觉得眼前这幕仿佛事先排演过。没错。

他们父女的激烈争吵往往以这种方式呈现：他大笑，她唱歌。

哎哟喂呀！

你从哪里弄来那双眼睛呀？

哇，都亮了！

它们怎能这么亮？

哇，都亮了……

哈利不笑，她就停止唱歌，冲到椅子上坐下。但哈利的停歇只是为了使出最后一次力气，果然，他又笑了。笑声不带批判，却很吓人。她还是小女孩时，他常用这样的笑来惩罚她。这是他的拿手好戏。有个导演拍摄疯人院或闹鬼城堡时，总是找哈利做音效。

这笑声始于一种尖锐的金属爆裂声，类似柴枝燃烧噼啪作响，然后音量渐大，变成一种急速的咆吠，接着又减弱成淫秽的窃笑。短暂停顿后再次拉高，犹如马的嘶鸣，继而又持续升高成类似机械的可怕且刺耳的魔音。

费伊无力地听着，头垂在一侧。忽然，她也跟着笑，不是因为想笑，而是为了对抗父亲的笑声。

“你这王八蛋！”她吼叫着跳到沙发上，抓住父亲肩膀摇晃他，要他安静下来，但他笑个不停。

荷马跟过去，看似要将她拉开，不过他临场胆怯了，不敢碰触她；在那贴身轻薄的衣物下胴体毕现。

“格林纳小姐，”他恳求，一双手忙不迭地挥动，“拜托，拜托……”

哈利现在想不笑都不行。他捧着肚腹强压笑意，嘴里却仍不断爆出笑声，笑得他胸口疼了起来。

她挥拳的姿态仿佛握着一根铁锤砸向他的嘴。只挥出一拳，他就瘫软安静下来。

“我非得如此不可。”她对荷马说，他抓住她的手将她拉开。

他带她到厨房，在椅子上坐下来，关上厨房的门。她哭了好久，他站在椅子后方，无奈地看着她的肩膀有节奏地起伏。好几次他伸出手想安慰她，但最终还是克制下来。

她继续哭，他递了餐巾给她擦脸。胭脂和睫毛膏玷污了布面。

“弄脏了。”她将餐巾从脸上拿下，“对不起。”

“本来就不怎么干净。”荷马说。

她从口袋掏出粉盒，对着小镜子端详自己。

“我真丑。”

她询问能否借用浴室，他领她过去，然后蹑手蹑脚地到客厅看哈利。这老人呼吸夹带杂音，不过还算规律，看起来睡得很平静。荷马没吵醒他，悄悄地在他头下塞了垫子，再回到厨房。他点燃炉子，放上咖啡壶，坐下等女孩出来。他听见她走进客厅，几分钟后回到厨房里。

她在厨房入口踌躇，一脸愧疚。

“要不要来点咖啡？”

没等她回答，他立刻倒了一杯，还将糖及奶精移过去，方便她取用。

“我得这么做。”她说，“我就是得这么做。”

“没关系。”

为了让她觉得她不必道歉，他故意走到水槽旁忙东忙西。

“不,非如此不可。他那种笑法会把我逼疯。我受不了,我就是受不了那种笑。”她坚持说下去。

“是啊。”

“他疯了,我们格林纳一家都疯了。”

她最后这句话听起来仿佛发疯也有好处。

“他很不舒服。”荷马替她找理由,“或许中暑了。”

“不,他疯了。”

他在桌上放了一碟姜饼,她配着第二杯咖啡吃了起来。那优雅咀嚼所发出的声响真让他着迷。

她沉默了几分钟,他从水槽边转身看看情况。她抽起烟来,沉浸在思绪中。

他努力让自己语气轻松。

“你在想什么啊?”他笨拙地问,话一出口就觉得自己太蠢。

她没回答,叹了口气,代表现在思绪灰暗且有不祥的预感。

“我猜,你应该喜欢吃糖果吧?我家里没有,不过现在打电话给杂货店，他们立刻就能送来。还是要吃冰激凌？”

“不用，谢谢。请别麻烦了。”

“一点都不麻烦。”

“我父亲其实不是推销员，”她突然说，“他是演员，我也是演员，我母亲除了演戏还会跳舞。我们一家都有表演天分。”

“我没看过太多戏，我……”

他住了口，因为他看出她没兴趣听。

“总有一天我要成为大明星。”她宣布的口吻仿佛笃定他没胆反驳。

“我相信你……”

“这是我的生命，这是我在世上唯一需要的东西。”

“你知道自己要什么，这样很好。我以前在旅馆当会计，不过……”

“当不了大明星，我就自杀。”

她站起来，双手抱头，激动地睁眼皱眉。

“我不常去看戏。”他再次致歉，把姜饼推向她，“因为戏院里的灯光让我的眼睛不舒服。”

她笑了出来，拿起一块饼干。

“我会变胖的。”

“哦，不会的。”

“他们说明年流行胖女人，你想真是如此吗？我可不相信，这不过是为了捧好莱坞女星梅·韦斯特（Mae West）而放出的风声。”

他同意她的看法。

她不断地谈，谈她自己，谈电影这一行。他看着她，但没真的听她说话，每次她重复问题要他回答，他就点头，没说半句话。

他的双手又要惹麻烦了。他以手摩擦桌沿止痒，却被刺激得更痒。他将手放到背后，整个人紧张得难受。双手变得又红又肿了。他借口洗盘子，把手伸到冷水下冲泡。

哈利现身厨房门口时，费伊正喋喋不休。他的鼻子红通通，除此之外整张脸苍白无血色，感觉上整个人也缩小了，连衣服都不合身。幸好，还笑得出来。

荷马惊讶地发现他们父女相互问候的样子仿佛刚刚什

么都没发生。

“爸，你还好吗？”

“好得不得了，宝贝，就像伐木工人说的，好得跟下过雨一样舒畅，跟小提琴声一样悠扬，跟跳蚤一样活力百倍。”他模仿乡下老粗的浓重鼻音，逗得荷马发笑。

“要吃点什么吗？来杯牛奶，如何？”荷马问。

“应该可以吃点心吧。”

费伊扶他到桌边，他以夸张的黑人拖曳步来掩饰自己的虚弱。

荷马开了一罐沙丁鱼，又切了几片面包。哈利咂嘴舔食，费力地慢慢吃。

“这正合我的胃口，太棒了，太棒了。”他吃完后说。

他舒服地往后靠着椅背，从背心口袋掏出一截皱巴巴的雪茄烟蒂。费伊替他点燃，他嬉闹地朝她脸上吹口烟。

“我们得走了，爸。”

“女儿，等会儿马上走。”

他转向荷马。

“你这里真不错。结婚了吗？”

费伊试图阻止。

“爸！”

他不理会她。

“单身汉啊？”

“对。”

“很好，很好，像你这种年轻人很棒。”

“我是来这里休养的。”荷马觉得有必要把他的状况交代清楚。

“不用回答他的问题。”费伊插嘴。

“喂，喂，女儿呀，我不过是想表示友善啊，又没恶意。”

他仍夸张地装出乡下人的口音，还朝想象的痰盂假装吐痰，又演出嘴里有坨烟草的样子，从这腮换到另一腮咀嚼。

荷马心想，他的模仿还挺逗趣。

“我若自己一人住在这种大房子里肯定会孤单害怕。”哈利又问，“你不觉得寂寞吗？”

荷马看着费伊，想知道她希望他怎么回答。她不悦地皱眉。

“不会。”他否认，免得哈利继续这令人不自在的话题。

“不会？哦，那就好。”

他朝天花板吹了几缕烟圈，专注地看着烟圈飘动。

“你想过将房子分租出去吗？我的意思是分租给一些善于社交的好人。这能给你增加一些收入，也能让屋子更有人味。”

这话惹恼了荷马，不过在怒气底下潜藏着一种令人兴奋的念头，但他不知道该说什么。

费伊误解他的烦躁，抢在荷马回答前高声插嘴。

“别说了，爸，你今天惹出够多麻烦了。”

“不过是随便聊聊嘛，就像嗑瓜子闲扯淡啊。”他无辜地反驳。

“好，那该走了吧？”她厉声问。

“别急，时间多的是。”荷马说。

他很想再说些更有力的挽留话语，但终究没有勇气。不过他的手可勇敢多了，费伊和他握手道别时，他紧紧握住她的手不放。

那双手透露的温暖坚持让费伊笑了出来。

“很感谢你，辛普森先生，你人真好，谢谢你帮助我爸，还请我们吃午餐。”

“我们真的很感激。”哈利插嘴，“你今天做了基督徒该做的善事，上帝会祝福你的。”

他突然虔诚了起来。

“有空欢迎来找我们。我们就住在附近的圣贝纳迪诺公寓，下山过五个街口，你会看到一栋黄色的大屋，就是那里。”费伊搭腔。

哈利站立时非得靠桌子支撑才不至于倒下。费伊与荷马分别撑着他两只手臂，扶他走到街上。荷马搀着他，等费伊去把停在街对面的福特开过来。

“啊，我们都忘了你订了两罐‘神奇溶剂’。那亮光剂可是所向无敌、无与伦比啊。”哈利说。

荷马掏出一美元，塞到哈利手中。他快速将钱收好，摆出生意人的姿态。

“我明天就把货带来。”

“好，太好了，我的确需要一些亮光剂来擦拭银器呢。”

哈利恼怒，没想到受他骗的家伙竟然以感恩的态度对待他，这让他痛苦难受。他讽刺地朝荷马鞠躬，想借此重新建立他认为适当的距离，不过姿势刚摆出来，就不舒服地摸着喉咙。荷马扶他上车，他整个人瘫坐在费伊旁边的座椅上。

他们驶离此地，她转身挥手道别，哈利连头也没回。

第十二章

整个下午荷马都坐在后院那张残破的折叠椅上。那只蜥蜴爬上仙人掌，但此刻他没兴趣观察它猎食，因为他的手够他忙的了。它们颤抖抽搐，仿佛被噩梦惊吓。他紧握双手，让十根手指像迷你的大腿相互交缠，希望借此稳住。成效不彰，他用力扳开手指，塞到臀部底下压住。

日子一天天过去，他忘不了费伊，想到这点他越发惊慌。他多少知道自己唯一的防卫之道就是保持禁欲，这种坚持就像乌龟的壳，既有脊椎功能，又有盔甲的保护作用。光在思绪上摆脱这种坚持，他都办不到。若摒弃这唯一的防卫之道，他肯定会被彻底摧毁。

他想得没错。有些男人能把淫欲局限在身上某部分，只让头脑或心燃烧，这样一来不至于整个人烧尽。还有些男人更幸运，能像灯泡的钨丝，炽烈燃烧却毫无损伤。然而，对荷马来说，情欲一旦燃起，就像在满是干草的谷仓里丢入火星。他逃过罗莫拉·玛丁那一劫，但这次恐怕逃不过了。况且那时还有旅馆的差事让他整日忙碌疲惫，而现在没事可忙，转移不了注意力。

想到这里他开始害怕，立刻冲进屋子，想将那些念头抛在脑后，就跟丢开帽子一样。他跑进卧房，整个人扑到床上，天真地以为睡着就不用思考。

即使怀抱这种妄想也于事无补，混乱焦虑的他根本睡不着。他闭上眼，试图让自己昏沉一点。对他来说，睡觉曾是一个自然而然的过程，但现在不知怎么，竟成一条漫长光亮的隧道，梦乡在隧道远远的那一端，是刺眼强光里的一点点小阴影。他不能跑，只能爬向黑黝黝的那一头。就在快要放弃时，习惯前来拯救他。光亮的隧道崩塌，将他抛入黑暗。

他毫不费力地醒来，想继续睡，但这次连隧道都找不到，整个人完全清醒了。他努力想象自己很疲惫，但不管怎样就是不觉得累。自从罗莫拉·玛丁那件事过后，他从未像此刻这般生气蓬勃。

窗外的鸟儿仍断续啁啾，一会儿啼唱，一会儿静默，仿佛不舍一天就要结束。他以为听到了丝绸衣物相互摩擦的声音，其实不过是风吹动树林的沙沙声。这屋子多空荡呀！他试图以歌声来填补它。

哦，说你看得到，

靠着黎明的曙光……

这是他唯一知道的歌曲。他曾想买留声机或收音机，不过他知道自己什么都不会买。想到这里他好难过，但这难过反倒让他愉快，那是一种甜蜜且平静的哀愁。

但他无法这样孤独地好好过下去，他烦躁不安地戳刺着他的哀伤，希望让痛苦加剧，也借此更加愉快。他曾收到旅行社寄来的手册，想着那些他从未参加过的旅游——墨西哥离此处不过数百里，而开往夏威夷的轮船天天启航……

在他不注意的当头，哀愁变成痛苦和酸楚。他又成了悲惨的可怜人，眼泪扑簌落下。

仍存希望的人方能从泪水中获益，哭过之后，感觉焕然一新。但是对于荷马这种不抱任何希望的人来说，痛苦是他们的生命根基与永恒定律，不论怎么哭，永远得不到好处，对他们来说，就算哭到死，什么都不会改变。这些人经常很清楚这一点，但还是忍不住哭泣。

荷马算是幸运的一个，能哭着入睡。

但隔早醒来时心头仍浮上费伊。他沐浴过后吃了早餐，坐在那张折叠椅上。下午，他决定出去走走。对他来说，只有一条路可走，而那条路通往圣贝纳迪诺佩章公寓。

在漫长的睡眠当中，他决定放弃挣扎的念头。他走到公寓，探向被灯光照成褐黄色的走廊，看见邮箱上写着“格林纳”，转身走回家。隔天晚上，他又去了，这次带着鲜花和美酒。

第十三章

哈利的情况没有改善，他终日卧床，凝视着天花板，双手交叉放在胸口。

托德几乎每晚都去看他，通常会有其他客人在场，有时是艾比·库思奇，有时是二十世纪一〇年代会一起演出的李家姊妹花安娜和安娜贝拉，更常见到的是金戈一家四口。这家人来自阿拉斯加最北端的巴洛角，经常饰演因纽特人（旧称爱斯基摩人）的角色。

若哈利正在睡觉或有其他访客，费伊通常会邀请托德到她房间聊天。尽管话不投机，他却对她愈来愈有兴趣，觉得她无比迷人。若是其他女孩像她这么装模作样，他大概受不了，不过费伊矫揉造作得如此彻底，反倒令他着迷。

和她在一起就像在业余人士演出可笑的蹩脚戏时溜到

后台。若待在舞台前，那些愚蠢的台词和怪诞的情境或许会让他恼怒烦躁，不过他在后台看见了汗流浃背的舞台工作人员，以及以电线缠绕纸花做出的俗艳避暑小屋，反而能接受一切，甚至热切期待演出成功。

此外，他还找了另一个理由来替她开脱。他认为她经常察觉自己很虚伪却坚持这么做，是因为她不知道该如何表现得纯真实在。她在烂学校向一些烂演员学戏，才会变成这样的演员。

然而，费伊也有批判的能力，这种能力让她足以看出任何的荒谬滑稽。他注意到她经常取笑自己，甚至取笑自己那些痴梦。

有一天晚上，他们聊到她没去当临时演员时怎么打发时间。她告诉他，她会整天编故事，一边说还一边咯咯笑。他追问细节，她很乐意地描述她编故事的方式。

她会打开收音机放音乐，躺在床上闭起眼睛，调整到适当情绪后，就将那些故事整个摊开，在心中浏览，当它们是一副纸牌。然后一个个丢弃，直到找到当下最适合的主题。有时候，她将所有题材浏览过，却做不出选择，这时，她会起身去藤蔓街喝冰激凌汽水。若身上没钱，就把那副纸牌重新翻一遍，强迫自己挑选一张。

她承认这种方法太死板，无法编出最佳故事，比这更好的做法是自然地编织梦境。不过她也说，有梦总比没梦好，乞丐可没资格挑三拣四。她没真的这么说，不过从她的话语听来，他了解她就是这个意思。她说话时带着批判性的微笑，没有困窘表情，他认为这点很重要。不过她的批判能力仅止于此，只能嘲笑自己呆板的编故事方式。

他第一次听她诉说她编织的梦，是那天深夜在她房间里。大约半小时前，她下楼来敲他的门，问他能否随她去家里看看哈利，因为她觉得他好像快死了。她被他浓浊的呼吸声吵醒，整个人吓坏了，以为这是他临死前的哮喘。托德穿上睡袍，跟她下楼。他进门后发现哈利已经清了喉咙，呼吸平缓下来。

她邀请他到她房间抽根烟。她坐在床上，他坐在她身旁。她的睡衣外面套着一件老旧的白色海滩袍，看起来很美。

他想求她让他亲吻，但不敢开口，不是因为她会拒绝，而是因为她会坚持这个吻是没有意义的。为了讨她欢心，他称赞她的容貌，结果把事情搞砸了。他不懂得直接奉承，反而陷入过于迂回的泥淖中。她根本不想听，像个蠢蛋的他只好打住。

“我有个好点子，我们能靠这点子赚大钱。”她突然说。

他又试图奉承她，这回采用的方式是对她的点子表现出莫大的兴趣。

“你是个读书人，我就把我关于电影的想法告诉你，由你来撰写，然后我们把剧本卖给电影商。”她说。

他表示同意，她开始描述计划。其实她的计划模糊不清，只有说到她认为的成果时才有具体想法。她说，他们卖出一个故事后，她就给他另一个故事，这样一来就能赚很多钱。当然她不会放弃演戏，就算已经成为大作家，她也会继续演，因为演戏是她的生命。

听着她滔滔不绝，他明白她在织梦，让那叠已经够厚的梦想纸牌又多出一张。最后她甚至谈起要怎么花赚来的钱。这时他终于忍不住，要她说清楚他该“写出来”的那些点子到底是什么，不过他也没忘记让自己在语气上不带半点嘲讽意味。

床脚那侧的墙上挂了一幅很大的画，这幅画之前应该是挂在戏院大厅，用来宣传电影《泰山》之用。画里有个浑身肌肉的俊美年轻人，腰际只围了一条小巾，热情地紧拥着一位腰身纤细的女孩，而女孩身上的骑马装已撕裂。他们站在丛林空地，四周围绕的巨大藤蔓上长满硕大的兰花。听着费伊诉说故事，他知道这故事的灵感来自这幅画。

有个女孩乘着父亲的游艇航行于南海。她和一位俄国伯爵定了亲，对方高瘦年长，但仪表堂堂。他也在游艇上，不断央求她尽快择个佳日嫁给他，但被宠坏的她不愿这么做。其实她愿意和他订婚只是因为憎恨另一个男人。她对船上一位年轻俊美的水手很有兴趣，但他的出身远低于她。她没事可做时就和他调情，但水手不在乎她家财万贯，坚持拒绝被戏弄，甚至告诉她，他只听从船长的命令，要她回去找她的外国情人。她气愤不已，威胁要开除他，不过此番威胁只引来他的讪笑。在这汪洋大海中，要怎么开除他？她爱上了他，或许连她自己都不知道。从没有人拒绝过她，这小伙子是第一个，而且他还长得这么好看。后来暴风雨袭击，游艇在某个小岛附近翻覆，几乎所有人都溺毙。她设法游上岸，以树枝给自己盖了栋小屋，靠着捕鱼采果维生，幸好这里是热带地区，蔬果甚丰。有一天早上，她赤裸着身体在小溪沐浴。不料一条大蛇缠住她，她用力挣扎，但巨蛇像片门帘紧紧裹住她。这时，一直躲在树丛后面偷看她的水手跳出来。他为了她和巨蛇缠斗，最后赢得胜利。

托德问她这部影片该怎么结束，不过她似乎并没什么兴趣。但他坚持要听。

“嗯，他当然娶了她，两人都获救。我是说，他们先被救出去，然后才结婚。或许他是个富家公子，只不过为了冒险而跑去当水手之类的。反正这种剧情很容易想象。”

“这故事肯定能卖座。”托德认真地说，双眼盯着她湿润的嘴唇和不断在两唇间移动的小舌尖。

“我的故事有成百上千个呢。”

他没应答，但发现她表情有变化。刚刚说故事时，她看起来兴致勃勃，手势和表情生动，又是挤眼皱眉，又是比手画脚。但现在她的雀跃情绪减弱，变得更加深沉内敛。他猜想，她一定正在翻阅那一沓白日梦，很快又会挑出另一张给他看。

他经常看见她这种神情，但以前从未了解那所代表的意义。这些小故事，这些小小的白日梦，都让她的一言一行增添不寻常的神秘色彩。她似乎总是在这些梦想的柔软掌控中挣扎，就像试图在沼泽里奔跑。他凝视着她，很确定她的双唇尝起来有血和盐的滋味，而她的双腿一定有美妙的弱点可让他进攻。他有股冲动，这冲动不是要帮助她自由，而是要将她抛向温暖柔软的泥泞中，让她留在那里不动。

他哼吟一声，表达他的欲望。若有勇气扑倒她就好了，如强暴般的激烈姿态应该足够。这种感觉就像手中握着一颗蛋。这么说不是因为她很脆弱或者看似脆弱，而是因为她很完整。她那有如鸡蛋般完整的自信满足让他有一股冲动，亟欲征服她的冲动。

但他什么也没做，而她又开始侃侃而谈。

“我还有另一个好故事，或许你应该先写这个，因为这讲的是后台人生，今年他们做了很多这类题材。”

她的故事是这样的：一个年轻的歌舞剧女演员有个出头的大好机会，因为团里的女主角生病了。这故事有点灰姑娘的味道，但这次她构思的技巧与南海那个故事很不一样。虽然故事本身听起来很神奇，不过她的描述方式很真实。这种叙述方式所达到的效果就跟中世纪一些艺术家的作品相同。他们在描绘拉撒路死里复活和耶稣在水面行走的故事时，总是细腻地勾勒出栩栩如生的各种细节。她和他们一样，以为单调乏味的描绘技巧也能让幻想变得活灵活现。

“我也喜欢这个故事。”她说完时他这么表示。

“你想一想，把最有可能卖座的故事写出来。”

她准备送客了，他若不立刻行动，机会就要溜走。他开始倾身靠向她，她察觉他的意图，迅即起身，故意粗鲁地抓起他的手臂，表现出两人不过是生意伙伴，然后将他领出房门。

在玄关处，她感谢他下楼来帮她，也为打扰他而致歉。这时，他再试一次。她态度似乎软化了一些，他成功地碰触到她。最后，她主动亲吻他，但他想进一步抚摩时，她就挣脱开来。

“喂，谁在那里亲热啊？小心被老妈赏一巴掌。”她笑着说。

他只好向楼梯走去。

“再见喽。”她在他身后喊道，又笑了起来。

他几乎没听到，因为他正想着以她为主角的画作，以及待会儿一进房间就要立刻动笔的新画。

在《燃烧的洛杉矶》这幅画中，裸体的费伊在画面的左前方，身后有一群男女从暴民当中跑出来追赶她，其中有个女人朝她丢石头，希望撂倒她。费伊闭眼奔跑，嘴角露出若有似无的奇怪微笑。虽然脸上流露梦幻似的陶醉表情，但她身体紧绷，急速往前冲。这种对比的唯一解释就是她很享受狂野飞奔所带来的释放快感，正如被猎杀的鸟儿紧张地躲藏数分钟后，不假思索惊慌地飞出藏身之处。

第十四章

除了荷马·辛普森，托德还有其他对手，这些人可能比荷马更具胜算。其中最重要的就是那个叫厄尔·舒普的年轻人。

厄尔是个牛仔，来自亚利桑那州的小镇。他偶尔会在西部片中演出，其余时间多半在日落大道上那家鞍具店前闲晃。这家店的橱窗里有个巨大的墨西哥式马鞍，马鞍上镶满雕刻银饰，四周则排列着各式各样的刑具。有款式花哨的皮鞭、装了钉轮的马刺，以及一双看起来能轻易弄断马颚的马勒。橱窗后方有个低矮架子，上面放了一排靴子，有黑色、红色和浅黄色。每双靴子都有扇形鞋头和超高鞋跟。

厄尔经常站在那里，背倚橱窗，盯着对街那幢一层楼建筑物屋顶上的招牌。招牌上写着：麦芽奶粉浓到吸管吸不起来。他固定每两小时从上衣口袋掏出一袋烟丝和一捆纸，然后抬起膝盖绷紧裤子，沿着大腿内侧划根火柴来点烟。

他身高超过一百八十厘米，头上那顶高耸的牛仔帽让他看起来多了十几厘米，还有靴子的鞋跟再添上七八厘米。他直竿般的瘦长身材因着窄肩和狭髋扁臀而更显瘦削。骑了多年的马也没让他双腿外弓，事实上那两条腿直直的，使得那件因日晒和过度洗涤而褪成淡蓝色的吊带工作服挂在他身上竟直接悬垂，不见一丝褶皱，仿佛衣服里面空无一物。

托德看得出来为何费伊觉得厄尔很帅。他那张只有二度空间的扁脸，仿佛是某个有才华的孩童以尺和圆规工整画出来的。他的下颌几乎成正圆，而一双间距甚大的眼睛也是圆滚滚的。单薄的嘴巴与挺直的鼻梁呈直角。肤色从发际到喉咙呈现一致的红褐色，仿佛被专家精心洗染过。他的模样简直就像机器绘制出来的素描。

托德曾告诉费伊，厄尔是个笨头笨脑的蠢蛋，她同意地笑笑，不过接着说他“帅得会引人犯罪”。这措辞是她从影剧报刊的八卦专栏里学来的。

有一晚托德在楼梯间遇到她，问她是否愿意和他共进晚餐。

“不能哦，我有约会。不过你可以一起来。”

“和厄尔？”

“对,和厄尔。”她重复他的话,故意模仿他的不悦口吻。

“不用了，谢谢。”

“这次他会请客。”她误解他的意思，或许是故意的。

厄尔老是身无分文，每次托德和他们出去，总是由他掏腰包。

“不是为了这个，你应该很清楚。”

“哦，不是吗？”她调皮地问。她很有把握他会赴约，于是补了一句，“五点在霍吉见。”

霍吉就是那家马具店。托德抵达那里时，发现厄尔·舒普站在平常的位置，看着对街的招牌，依旧戴着高顶牛仔帽，脚上蹬着高跟靴，左手臂上整齐挂着一件深灰色外套。身上穿着水蓝色的棉衬衫，衬衫上的圆点图案约有一角硬币那么大。衬衫袖子没往上卷，而拉到前臂中间，以一对玫瑰色的时髦臂章固定住。双手和脸庞一样是匀称的红褐色。

“哟，你好呀。”托德和他打招呼后，他这么回应。

托德觉得他这西部腔挺有趣。他第一次听到这种腔调时，还逗趣地模仿：“哟，你好呀，陌生人。”结果很惊讶地发现厄尔不知道自己被嘲弄。就连托德故意谈起美西特有的“小种马”“卑鄙的牛仔”“偷牛贼”时，厄尔还很认真地听着。

“你好啊，老兄。”托德说。

厄尔身边还有个西部人，也是大帽子和靴子装扮，他蹲在地上，用力嚼着一截小树枝。紧临他身后有个破烂的纸箱，以粗绳捆住，打上的绳结看起来很专业。

托德抵达这里没多久，出现了第三个人。他仔细打量橱窗里的商品，然后转身，和另外两人一样望着对街。

这是个中年男子，看起来像专门照顾赛马的马夫，不尽责地从赛马场的马厩偷跑出来。他一张脸布满细纹，仿佛睡觉时脸压在铁丝网上。衣衫褴褛，或许穷到将大牛仔帽给卖了，不过至少靴子还留着。

“哟，各位老弟。”他说。

“哟，希因克。”站在纸箱前的男人说。

托德不知道他们的招呼是否把他包括进去，不过他决定跟着回应。

“你好呀。”

希因克以脚尖踢踢纸箱。

“要上哪儿去啊？加尔文。”他问。

“去亚苏撒呀，那儿有个牛仔马术竞技赛。”

“谁办的啊？”

“一个自称‘恶地杰克’的家伙。”

“那个江湖骗子！厄尔，你要去吗？”

“不去。”

“我要去吃点东西。”加尔文说。

希因克思考着刚刚接收到的信息，然后说：“莫诺正在搞一个新的‘巴克·史帝文斯’竞技大赛，威尔·费瑞斯告诉我，他们会用的骑士超过四十位。”

加尔文转身看着厄尔。

“还穿那件杂色背心吗？”他不怀好意地问。

“怎么这么问？”

“那件背心能帮你弄到拦路抢劫的工作啊。”

托德这会儿终于明白他们在说笑话，因为加尔文和希因克正拍腿大笑，而厄尔皱起眉头。

接着一阵沉默。半晌后加尔文开口。

“你家老头还有牛吗？”他问厄尔。

这次厄尔有了戒心，不愿回答。

加尔文对托德眨眨眼，巧妙地缓慢扭曲半边脸，露出鬼脸表情。

“说的是嘛，厄尔，既然你家老头还养牲畜，干吗不回家呢？”希因克说。

眼见嘲笑挑衅厄尔不成，加尔文索性回答这个问题。

“他才不回去呢，因为他怕被人看见穿着一双丑陋的橡胶靴坐在载满羊的货车里啊。”

这又是个玩笑。加尔文和希因克再次拍腿大笑，不过托德看得出来他们正等着什么事发生。忽然，厄尔稳稳地伸出一条腿往加尔文的屁股狠狠踹下去。原来这就是他们正在等待的真正笑点。气呼呼的厄尔把他们逗得好乐，托德也跟着笑了出来。厄尔没经历该有的过渡阶段，直接从不予理会跳到诉诸行动的模样的确很逗趣，他施以暴力的严肃神情尤其好笑。

一会儿后，费伊开着她那辆破烂的福特 T 型敞篷车从他们身边经过，在二十英尺[1]外的路边停下来。加尔文和希因克挥手，但厄尔一动也不动。他从容镇定，展现男人的尊严。直到她按了按喇叭，他才迈开步伐。托德跟在后面，离他有一小段距离。

“嘿，牛仔！”费伊开心地喊着。

“哦，甜心。”他慢条斯理地打招呼，小心翼翼拿下帽子对她致意，再更加谨慎地戴回头上。

费伊对托德笑笑，示意他们两人上车。托德坐进后座。厄尔将外套摊开，拍打几次抚平皱痕，然后穿上，调整领口，将卷起来的翻领理出一个形状，最后坐进费伊旁边的乘客座。

1　1 英尺约为 30.48 厘米。

她发动车子，车子抖动一下才上路。开到拉布雷亚大道后右转上好莱坞大道，沿路往前行驶。托德看得出来她眼角瞥向正准备开口说话的厄尔。

“说吧，怎么了？”她催促他把话说出来。

“甜心，我是要说我没钱吃晚餐。”

她听了这话，大为不悦。

“可是我告诉托德，我们会请他，他请我们很多次了。”

“没关系，下次吧。我今天带的钱应该够。”托德插话。

“不行，该死。我真受够了。”她直视前方，不悦地说。

她将车驶向路边，重踩刹车。

“每次都来这套。”她数落厄尔。

他理了理帽子、衣领和衣袖，然后才开口。

“我们可以在营地弄点吃的。”

“我看只能吃豆子吧。”

“不会。”

“除了豆子，你还能弄出什么食物？”她故意激他。

“米格尔和我装了诱捕器。”

“捕鼠器啊？所以我们要吃鼠肉喽。”费伊讥笑。

厄尔什么都没说。

“听着，你这四肢发达头脑简单的大烂人，你要不像样点，要不就给我滚蛋。”

“我们诱捕的是鹌鹑。”他说，仍是一本正经的呆板神情。

她不理会他的解释。

“跟你说话就像拔牙那么痛苦，我受够你了。”

托德知道，即使有这场争吵，他也不会有希望，因为之前就已经见过这种戏码了。

“我没那个意思，我只是开开玩笑，不会给你们吃鼠肉的。”厄尔说。

她用力放下手刹，发动车子。开到扎卡雷斯街，转入山丘。稳稳往上爬了四百米左右，开上一条泥巴路，驶到尽头，然后三人全下车，厄尔还体贴地扶着费伊。

“亲我一下。”她笑着说，代表原谅厄尔了。

厄尔彬彬有礼地拿下帽子，放在汽车引擎盖上，细长的双手搂住她。两人无视站在一旁的托德。托德看着厄尔像个小男孩淘气地闭眼噘嘴，不过接下来他对她做的事一点都不孩子气。她尽情享受后，就将厄尔推开。

“你也来亲我一下吧？”她开心地对背向他们的托德说。

“改天吧。”他回答，故意学她不正经。

她笑了出来，拿出粉盒涂起口红。等她补好妆，三人沿着泥路所延伸的小径出发，厄尔领路，费伊居二，托德殿后。

时值阳春之月，一行人沿着狭窄的山谷底部前进。陡峭岩壁上只要杂草落得了根的地方，都盛开着紫色、蓝色和黄色花朵。小径两侧橘色罂粟夹道，花瓣皱皱叠叠，树叶上铺着爽身粉般的厚厚尘埃。

他们往上爬至另一座山谷。此处荒瘠，但光秃的土壤和嶙峋岩石所构成的画面反而比第一座山谷的繁花更加缤纷绚烂。银色的小径可见淡瑰色的纹理，山谷岩壁色彩生动，有天蓝色、淡紫色、巧克力色和薰衣草色。天空弥漫着一层轻快的粉红薄氲。

他们驻足看着蜂鸟追逐蓝鸦。这只蓝鸦粗粝一啼，疾飞而过，在它尾巴后方的敌人如红色子弹紧追不舍。两只追逐的鲜艳飞鸟划破五彩缤纷的天空，如金属彩屑般的闪烁分子成千迸散。

走出山谷，望见底下蓊绿的低谷树木茂密，多是尤加利树，不过四处点缀着白杨和高大的黑色槲树。三人踉跄滑到底下干燥的河床，向山谷里走去。

托德瞥见树林边有个男人看着他们前进。费伊也看见他了，还朝他挥手。

“嘿，米格尔。”她朝他喊。

“我娇小的中国女孩（Chinita）！”他回喊道。

她跑过斜坡的最后十码[1]路，投向那人的怀抱。

他肤色浅褐，一双亚美尼亚人似的大眼睛，黑色嘴唇外噘。一头卷发浓密整齐，上半身只套着一件长毛的毛衣，底下什么也没有。洛杉矶这一带称这种衣服为“大猩猩”。下半身那条肮脏的粗布长裤以一条印度风格的染印红色大手帕系住，脚上穿的是破旧的网球鞋。

他们走向位于林中空地的营地，营地里有一栋摇摇欲

1　1码约为0.9米。

坠的破烂小屋，小屋还钉上从高速公路偷来的招牌加以修补。几块大石头架着一个没有炉脚或底盘的炉子。旁边有一排鸡舍。

厄尔在炉子底下生火，费伊坐在旁边的箱子上看着。托德走到鸡舍看鸡。里头有一只老母鸡和六只斗鸡用的公鸡。看得出来这鸡舍花了很多心血打造，由一块块有沟槽的木板精心搭建而成。鸡舍地面刚铺上一层泥炭土。

墨西哥人米格尔走过来，聊起这些公鸡，看来他对它们引以为傲。

“赫玛诺，赢过五次比赛，是‘街头屠小子’的一员。佩柏和尼格罗很有斗志，我下星期要带它们去圣佩德罗比赛。维拉，它有斜眼，不过表现也不差。扎巴塔，赢过两次，号称‘长缨主教’。朱朱特拉，我手中的王牌。”

他打开鸡舍，将朱朱特拉抓出来给托德看。

“这家伙心狠手辣，看它多敏捷啊！”

这只公鸡一身绿色、青铜色和深褐色相间的羽毛。鸡喙是柠檬色，鸡脚是橘色。

“很美。”托德说。

“我也这么觉得。”

米格尔将鸡丢回鸡舍。两人走回火炉旁。

“什么时候能开饭？”费伊问。

米格尔朝炉子吐口水测试温度够了没，接着找了一个大铁锅，以沙子擦抹。厄尔递给费伊一把刀和几个马铃薯要她削皮，径自拿起一只粗麻袋。

“我去抓鸟。”他说。

托德跟去。他们沿着一条似乎只有羊只踩过的狭窄小径往前走，直到一小块浓密高大的草丛前。厄尔在橡胶树丛后方止步，举手要托德也停住。

一只仿声鸟在附近啼唱，歌声仿佛小卵石由高处一个一个落入水池。一只鹌鹑以两种柔和的喉音鸣啭，另一只鹌鹑应答，一唱一和。它们的叫声不像东部白喉鹑那样轻快，而是带着忧郁和厌倦，但也出奇地悦耳。草地中央有另一只鹌鹑加入它们的二重唱。这只鹌鹑落入陷阱，但声音不显忧虑，只闻哀伤、冷漠和无望。

厄尔很高兴没人发现他的偷猎举动，慢慢走向诱捕器。这是一个约洗衣槽大的铁笼子，顶上有个小门。他俯身摸弄小门。笼里有五只禽类朝着铁笼猛撞，其中一只是公鸡，鸡头上有一丛美丽羽毛，往前卷曲，几乎垂到鸡喙。

厄尔一次抓起一只，丢入麻袋前先扭断它们的头。全抓完后将麻袋夹在左腋下，开始往回走，回到营地后再把猎物从袋内抓出来拔毛，一次处理一只。羽管尖上可见小血滴晃抖，羽管被丢开时血滴的重量使得羽尖朝下着地。

回到营地前太阳已西沉，气温骤降，托德真高兴炉下生着火。费伊挪了位置让他一起坐在箱子上，两人往前靠近火光取暖。

米格尔从屋里拿出一壶龙舌兰酒，在原本装花生酱的罐子里注满酒后递给费伊，再将酒壶拿给托德。这酒闻起来有腐果气味，不过他喜欢。托德喝够了后换厄尔，接着是米格尔，大家轮流就着壶口喝酒。

厄尔要让费伊看看猎物有多丰腴，但她不想看。他挖出鸟禽的内脏后以一把厚重的大剪刀将它们一只只剪成四块。费伊揪住耳朵，不想听见皮肉和骨头剪开时发出的清脆咔啦声。厄尔以一块破布擦拭肉块，擦净后丢入煎锅里，里头一大块猪油已经滚烫得噼啪喷溅。

尽管害怕宰杀过程，费伊还是跟其他人一样吃得津津有味。餐后没咖啡，就以龙舌兰代替。大家抽烟，继续传递酒壶轮流喝。费伊丢开花生酱罐，跟着其他男人以口就壶，仰头灌酒。

托德察觉她愈来愈亢奋。共坐的箱子面积有限，两人的后背已碰触在一块儿，他感觉到她身体发烫，整个人躁动不安，脖子和面容由象牙白转成玫瑰红，还不断去拿他的烟来抽。

厄尔脸庞隐没在大帽子的阴影下，墨西哥人米格尔则坐在炙亮的火光里，肌肤烤得红通通，卷发上的油被火光照得闪闪发亮。托德真不喜欢他一直对费伊微笑的模样。随着愈多酒精入肚，他愈看愈不爽。

费伊一直推挤托德，他干脆坐到地上，从这里能更清楚观察她。她微笑地回望着墨西哥人，似乎知道他在想什么，而且心里也有同样念头。厄尔也发现他们两人正在眉目传情。托德听见他轻轻咒骂一声，倾身朝火光里拾起一根粗厚柴薪。

米格尔内疚地笑了笑，唱起歌来。

Las palmeras lloran por tu ausencia,

Las laguna se seco—ay!

La cerca de alambre que estaba en

El patio tambien se cayo!

（因为你不在，

棕榈树哭了，

连潟湖都干涸，唉！

院子里的铁丝篱笆也倒塌了！）

他忧郁的男高音让这首激昂的歌曲变成伤感的咏叹调，甜腻得倒人胃口。他唱起另一节时费伊加入跟着哼。她不知道歌词，但还是能随旋律和谐地应和。

Pues mi madre las cuidaba, ay!

Toditito se acabo—ay!

（以前我母亲曾照料它们，唉！

如今一切都完了，唉！）

两人的歌声在稀薄的寂静空气中交融成小和弦，仿佛肉体也彼此抚触。歌声再次起变化。这次旋律依旧，但节奏中断，拍子变得断断续续，成为一首伦巴舞曲。

厄尔不自在地动来动去，玩弄手上的柴薪。托德看见费伊瞥向厄尔，知道她怕他不悦，但她没因此有所顾忌，反而更加放肆。她灌了满满一口酒，站起身来，手放在臀部两侧，翩翩起舞。

米格尔似乎全然忘了厄尔的存在，忘情地拍手，发出一种类似击鼓的空洞声音，并在歌声里注入全部感情。他已经将歌曲改编得更适合当下情境。

东尼的爱妻啊，

哈瓦那的男孩爱恋着东尼的妻子……

费伊合掌抱头，随着节拍扭动屁股。她跳的是“碰臀”舞步。

东尼的爱妻啊，

哈瓦那的男孩爱恋着东尼的妻子……

或许托德把厄尔想错了。因为他似乎没生气，反而以柴薪敲着锅底，击出节奏应和。

墨西哥人起身，继续唱歌，并跟着她一起跳舞。两人踏着碎步靠近彼此，她以拇指和食指撩起裙摆，他也跟着抓起裤管。两人迎面碰触，蓝黑色对上浅金色，头互顶当轴心，接着转身背靠背，连臀部也碰触。而后弯曲膝盖，拉开距离。费伊摆头和晃动胸脯的时候，身体其他部位不动，而米格尔则重跺松软的土地，绕着她转圈。两人再次迎面，假装有条大披巾兜住他们的臀部，一起共舞。

厄尔愈来愈用力敲击锅底，甚至发出重击铁砧的声音。突然，他也站起来跳舞，跳的是粗糙的土风舞，整个人跃上半空，脚跟相碰，还吆喝一声。但不管怎么跳，就是无法融入另外两个人。他和他们之间仿佛隔着一道光滑的玻璃墙，不管他多大声吆喝，或者跳得多起劲，就是无法干扰那对契合舞者的舞步，他们精准地前进或后退，贴近或拉远。

攻击落下前，托德看得很清楚。厄尔举起柴薪，重击墨西哥人的头部。托德听见爆裂声，看见墨西哥人屈膝跪地时仍在舞动着，仿佛他的身躯不愿意承认或无法察觉到舞蹈已经中断。

米格尔倒下时费伊正背对着他，但她没转身察看，反而拔腿就跑。她从托德身边急奔而过时，他伸手抓向她的脚踝想绊倒她，但失手没抓到。他仓促站起来，从后面追赶她。

若能现在抓到她，她就逃不掉。她跑上山坡，超前他一小段路。他对她喊叫，发出一声痛苦低沉的呼吼，就像久寻猎物不着的猎犬发现一条新路线时的叫声。他已经可以想见将她扑倒在地后会发生什么事情。

然而他的脚步愈来愈沉重，脚下的砾石和沙土不断滚动。他跌在野生芥菜丛中，脸趴在地上，闻到菜丛那带着阳光和雨露的气味，干净清晰又刺鼻。他翻身躺着，凝视天空。体内的热火因刚刚的剧烈奔跑而消散许多，但仍有足够的余温让他感受到舒服的颤抖。他有一种愉悦的放松感觉，甚至感到幸福。

山坡上方某处，有只鸟儿放声啼唱，他倾耳谛听。一开始那低沉浑厚的嗓音恍若流水滴在某种中空物体，或许是银壶的底部吧，接着像根枝条悠悠划过竖琴弦。他躺着静静聆听。

鸟鸣静默下来，他努力将费伊从心头挥除，想着他为《燃烧的洛杉矶》所绘制的一系列草图。他打算表现出城市被正午烈日燃烧的景象，所以那阳光必须能媲美沙漠的烈日。因此画面不会是令人畏惧的屠杀景象，而是屋顶和窗口有鲜艳的旗帜飘扬。他希望这城市燃烧时带有节庆的热闹气氛，呈现出几近欢乐的感觉。而放火烧了城市的就是那群度假狂欢的人。

鸟儿又开始啭鸣。当鸟儿停止啼唱时，费伊也完全在他脑海中消失。他现在纳闷的是或许自己夸大了那些来加州寻死的人的重要性。或许他们不会绝望到想放火烧了城市，更遑论烧了整个国家。或许他们只是美国疯子当中的佼佼者，根本不是这块土地上的典型人物。

他告诉自己，对他来说这没什么不同，因为他是艺术家不是预言家，评判他的标准是画作的优劣而非对未来预测是否准确。尽管如此，他还是不愿放弃《圣经》中先知杰里迈亚的角色。他将美国疯子当中的“佼佼者”这个词改成“精华乳脂”，而且几乎很确定这乳脂所淬自的牛奶也非常劲烈。洛杉矶人会是第一批，而他们率先行动后，全国各地的同志就会起而效尤，到时就会爆发内战。

这个悲惨结论带给他的强烈满足感让他欣喜不已。其他预言末日与毁灭的先知也都像他这么快乐吗？

他起身，没想获得答案。走上山谷顶端的泥路时，费伊和那辆车已不见踪影。

第十五章

“她和荷马那家伙去看电影了。”隔天晚上他去找她时，她父亲哈利说。

他决定坐下来等。这老人病得不轻，连躺在床上的姿态也小心翼翼，仿佛这张床是块狭窄木板，稍微移动就会摔下去。

“你那制片厂最近在拍些什么？”他徐徐地问，对着托德转动眼珠，头一动也不动。

“《天赋使命》《甜蜜与卑微》《滑铁卢》《大分水岭》《求求你的……》。”

“《大分水岭》啊，”哈利迫不及待地插嘴，“我还记得那出戏让我有机会展现才华呢。”

托德知道不该让这老人有机会起话头，不过现在已无计可施，只好任凭他像个时钟不断嘀嗒下去。

“这部影片开拍时，我正在一出叫作《两名绅士走入》的小戏码中饰演艾文的角色。这出戏微不足道，不过挺有趣，真的很好玩。我在《大分水岭》中饰演一个犹太喜剧角色，就是要演出美国十九世纪政治人物班·威尔区的那种效果，戴着绅士帽，穿着宽松大裤子——‘帕特，他们说要在老鹰洗衣店给我找份工作……’‘那老实说，你接受了这份工作没？’‘没啊，谁要去洗老鹰啊？’乔·帕佛斯就穿着警察制服跟我演对手戏呢。开拍那天，炉子爆炸时，他就跟着一个大胡子在旧的第五大道上躲警察。吹哨子的就是那个女人的丈夫。他啊……”

他语无伦次说个不停。突然，他停住，抚着身体左侧。

托德紧张地俯身察看。

“要喝点水吗？”

哈利以唇语说出“不用”，然后熟练地哼哈了几声，这是第二幕开演前的中场呻吟，虚假到托德必须克制才不至于笑出来。看来这老头儿还没虚弱到要进棺材。

哈利再次哼哈着，抑扬顿挫的声调从痛苦转为虚脱，接着，他闭上眼睛。托德看得出他很有技巧地利用枕头呈现出他痛苦的侧脸，让脸上的不适表情发挥最大效果。他也注意到，哈利像许多演员一样，表演时没怎么用到后脑勺和头顶，靠的全是像面具的整张脸。两眼之间、整片额头、鼻头和嘴角两侧皱纹遍布，多年来咧嘴大笑和夸张的皱眉重重地刻画出这些深纹。由于有这些皱纹，他无法表达任何细腻或精确的情绪，也无法以不同层次来表现感情，唯一能显露的，只有极端情绪。

托德开始思索，或许“演员比其他人更少受苦”这句话说错了。想了一会儿后他断定自己果然不对。感受与心及胆量有关，表现方式粗糙与否，与感受的强烈程度无关。其实，哈利就跟任何人一样敏感，即使他经常夸张地呻吟和挤眉弄眼。

他似乎很享受痛苦，不过并非所有的苦都喜欢，尤其是病痛之苦。就跟许多人一样，他只享受自己主动招来的苦。他最喜欢用的方式就是到酒吧，在陌生人面前赤裸地揭露自己的灵魂。他会假装醉了，踉跄走到陌生人的桌位前，以吟诗开场。

让我坐一会儿，

我鞋子有颗石子。

我曾无忧无虑，

也曾如你年轻。

若观众对他咆哮:“滚开,流浪汉！”他会卑微地笑笑，继续演下去。

可怜可怜我吧，老兄，念在我的发已白……

除非酒保或谁强行阻止，否则他会继续演，丝毫不理会别人怎么说。只要能顺利起头，酒吧里的每个人多半会专心聆听，因为他的演技精湛无比。时而咆哮，时而低语，时而命令，时而诱骗，还会模仿小女孩哭着呼唤母亲，也会模仿许多他认识的经理、主管的各种口音。他甚至会学舞台下的日常声音，以鸟儿的啁啾啼啭，迎接爱神的晨曦。在描述受厄运之神追逐时又能像成群猎犬一样狂吠。

他让观众看到他的戏剧生涯，始于年少时在剑桥拉丁学院的礼堂表演莎士比亚剧作。那时的他满脑璀璨梦想，满腹豪情壮志。随着他的表演继续下去，他们会看到年轻的他曾在百老汇的出租房间内挨饿，仍旧满怀理想，急切地期盼与世界分享他的艺术天分。而在豪迈的壮年期，他娶了曾跃上《葛斯太阳报》头版的美丽舞者。一天晚上，他无意间提早返家，发现她躺在戏院总招待的怀抱里。心地善良、深爱妻子的他选择原谅和遗忘。岂料就在隔天晚上，他又发现她躺在演员经纪人身旁，这次他痛苦地苦笑，也尝到苦胆的滋味。他再次原谅，她再次出轨。尽管她讥笑、嘲讽，甚至不断拿雨伞戳他，他也没把她赶出家门。最后，是她自己抛下所有回忆和襁褓中的女儿，和一个变魔术的、皮肤黝黑的外地人跑了。他将观众带入那段不幸际遇接踵而来的悲惨日子，当时已届中年的他成了过往自我的幽灵，徘徊在售票处，期望能饰演哈姆雷特、李尔王、奥赛罗，却必须在名为“奈特·普伦史东股份有限公司”的一幕剧里扮演毫不起眼的小角色，喋喋不休地说出诙谐妙语。他让观众尾随他沉重的步伐，跟着年老颤抖的他……

费伊悄悄进屋。托德向她打招呼，但她在嘴唇上竖起食指要他安静，然后走向床边。

老人睡着了。托德心想，他那憔悴干燥的肌肤看起来真像饱受风霜的土地。额头和太阳穴有几滴汗珠闪闪发亮，可见他的痛苦没有缓解的迹象。这些汗珠就像迟迟落在田地里的雨，或许会使东西腐烂，却无法带来焕然一新的朝气。

两人蹑手蹑脚地离开房间。

在走道上，他问她今晚与荷马在一起是否愉快。

“那个蠢蛋！”她抱怨道，还露出厌恶的鬼脸，“就像家常菜一碟。”

托德想追问，但她简单说一句“我累了，亲爱的”就将他打发走了。

第十六章

隔天下午，托德要上楼时发现格林纳家门口聚集了许多人。大家情绪激动，窃窃私语。

“怎么了？”他问。

“哈利死了。”

他推推门，发现门没上锁就径自入屋。尸体放在床上，以毯子完全覆盖住。费伊的房间传出哭泣声。他轻敲她房门，她打开门后什么都没说，转身蹒跚地走到床边，捂着一条毛巾啜泣。

他站在门口，不知该说些或做些什么。终于，他走到床边，拍拍她的肩，试图说些什么安慰她。

“可怜的孩子。”

她穿着一件破旧的黑色蕾丝居家服，上面还有裂缝。

他俯身靠近时，闻到她身上散发出一股温暖的甜蜜气味，很像盛开的荞麦。

他转身点烟，房门传来敲门声。他打开门，玛丽从他身边奔向费伊，将她拥入怀中。

玛丽也叫费伊要勇敢。她的措辞和他很不同，听起来有说服力多了。

“勇敢点，孩子，来，振作点，拿出勇气来面对。”

费伊推开她站起来，胡乱地走了几步后坐下。

“是我害死他的。”她嘟囔。

玛丽和托德坚决要她别这么想。

“是我害死他的，我告诉你们，是我，就是我！”

她开始痛骂自己，玛丽想阻止她，不过托德要她别插手。费伊在演戏，他心想若他们不加阻挠，或许她能借此摆脱罪恶感。

“她说完后就会平静的。”他说。

她以充满自责的口吻说出事情的经过。她从片厂回家，发现哈利躺在床上，问他还好吗，但没等回答就转身背对他，对着镜子端详自己。她边梳妆边告诉他，她遇见了本·墨菲。本还说，等到哈利身体好一点，他或许能在廉价酒吧和流浪汉充斥的纽约包威里街电影场景中用他当临时演员。她很惊讶她提到本时父亲没如往常那样咆哮。他很忌妒本，每次都会大吼："叫那王八蛋去死吧，他还在黑鬼酒吧清痰盂时，我就认识他。"

她心想，他一定病得很重，但还是没转身看看，因为她突然注意到脸上好像冒出一颗面疱。结果发现只是一点污迹，抹干净后开始重新化妆。她边梳理边告诉他，如果她有新的晚礼服可穿，或许就能找到须自备服装的临时演员的工作。她故意跟他开玩笑，装出强硬的语气说："如果你不给我买晚礼服，我就去找愿意买给我的人。"

见他没回话，她好难过，开始唱歌："哎哟喂呀！"但他还是没叫她闭嘴，这时，她才觉得不对劲。她冲到他身边，发现他已经死了。

她一说完，立刻低泣，哭声听起来很像鸽子的咕叫，还激动地前后摇晃。

"可怜的爸爸……我亲爱的……"

她想起小时候父女俩总能玩得好开心，不管手头多拮据，他总会设法给她买娃娃和糖果；不管多疲惫，他总是陪她玩。她会骑在他肩上，父女还会在地上滚来滚去，笑得东倒西歪。

玛丽的啜泣让费伊更伤心，两人哭得无法遏制。

外头传来敲门声，托德应门，是门警的妻子琼森太太。费伊对托德摇头，表明不想让她进来。

“晚点儿再来。”托德说。

他当着她的面关上门。一分钟后，门打开了。琼森太太以万能钥匙自行开门，擅自闯入。

“出去。”他说。

她想强行越过他，但被他挡住，直到费伊同意让她进来。

他非常讨厌琼森太太，她好管闲事，成天忙东忙西，一张脸像烤过的苹果，松垮又布满斑点。后来他发现她的嗜好是办葬礼。她这种对葬礼的关注不是什么变态的可怕嗜好，纯粹是因为她对葬礼形式格外有兴趣。她喜欢研究鲜花怎么排，送葬队伍的顺序，以及吊唁者的服装和举止。

她直直地走向费伊，以坚定的口吻阻止她继续啜泣：

“格林纳小姐。”

她的语调很有权威感，成功办到了玛丽和托德没办到的事。

费伊恭敬地抬起头。

“首先，亲爱的，”琼森太太举起右手拇指数着“一”，“首先，我要你了解，我现在唯一想做的就是帮助你。”

她狠狠地看了玛丽一眼，再把目光移向托德。

“我从中可捞不到什么好处，这种事情很麻烦的。”

“是。”费伊说。

“好，若要帮你的话，有几件事我必须先知道。死者是否留下任何钱或保险金？”

“没有。”

“那你有钱吗？”

“没有。”

“能借到吗？”

“应该借不到。”

琼森太太叹了口气。

“那就只能让市政府来处理了。”

费伊没说话。

“孩子，你不知道市政府会把他埋在贫民墓地吗？”

她非常轻蔑地说出“市政府”这几个字，至于“贫民”两字则带着厌恶的口吻，说得费伊脸一红，又开始哭。

琼森太太作势往外走，甚至还真的朝门口走了几步，随后改变心意，转身走回来。

“自己办葬礼要花多少钱？”费伊问。

“两百美元。不过你可以分期付款，头期款五十美元，每个月付二十五美元。”

玛丽和托德同时说：“这笔钱我来出。”

“我自己有一些钱。”

“那就好。另外还得多准备五十美元作为临时开销。我会帮你打点。霍斯普先生会把你爸埋好，他会把事情办妥的。”琼森太太说。

她和费伊握握手，仿佛恭贺她似的，然后匆忙离开。

琼森太太这番小小的生意洽谈显然对费伊有些用处，因为现在她的嘴唇不再颤抖，也不再泪眼汪汪。

“别担心，我会筹到这笔钱的。”托德说。

“不用，谢谢。”她说。

玛丽打开皮包，掏出一捆钞票。

“这里有一些。”

“不。”费伊拒绝，将钞票推开。

她坐着想了一会儿，走到梳妆台前整理泪痕斑斑的脸，努力挤出笑容。接着，她骤然转身，手里拿着口红停在半空，对玛丽说：“你能带我去找詹宁夫人吗？”

“为什么？”托德迫切问道，“你不用担心，我会弄到钱的。”

她们两个不理睬他。

“当然能，你早就该去了。这种事很简单的。”玛丽说。

费伊笑笑。

“我留着等到非去不可再去啊。”

她们两人突然变得坚强，这转变吓了托德一大跳。

“干吗为了厄尔这种呆子啊？聪明点，小妞，甩掉那个便宜货，让他去骑马吧，反正他是个牛仔，不是吗？”

两人高声大笑，手挽手走进浴室。

托德能了解她们为什么突然说话粗鲁起来，因为这会让她们感觉自己比较世故，较实际，较能应付严肃的事。

他敲敲浴室门。

“听着，孩子，”他想模仿她们的遣词用字，“为什么要赚皮肉钱呢？我会想办法的。”

“是吗？不用了，谢谢。”费伊说。

“你听着……”他还想说。

“你那些废话就留着沿街叫卖吧！”玛丽喊道。

第十七章

哈利葬礼那天，托德喝醉了。自从费伊和玛丽离开后，他再也没见过她，但他知道今天他一定能在葬仪社的接待处找到她。他想借酒壮胆和她吵架，于是从午餐就开始喝，傍晚到霍斯普葬仪社时已经喝到超出壮胆的量，进入丑态毕出的状态。

他看见哈利躺在棺材里，正等着推到旁边的教堂供大家瞻仰。棺盖打开，老人家躺在里面，看起来很舒服。盖住他的那条象牙色丝绸罩布拉到肩膀略下方，往后一折露出里面漂亮的内衬，他的头下方枕着一块小小的蕾丝垫子，身上穿着正式的西装，硬挺的衬衫尖领上还打了黑色蝴蝶结。一张脸显然刚梳妆过，眉毛修整好，画出最佳眉形，嘴唇和腮帮子涂得红红的，看起来就像白人饰演黑人喜剧里的角色。

托德低头默默哀悼，这时听见有人进门。他听出是琼森太太的声音，提高警觉慢慢转身看她。两人目光相迎，他点头打招呼，但她置之不理。她正忙着和一位礼服不合身的男子说话。

“这是原则问题。你当初估价时说会用青铜，可是现在你看看这把手，根本不是青铜的。”她斥责。

“我问过格林纳小姐，她自己也同意啊。”男人嘀咕。

“我不管。我真不敢相信你为了省几个钱，拿便宜的炮铜货来骗那可怜的孩子。”

托德没继续等着听殡葬业者回答，因为他见到费伊正挽着李家其中一位姐妹的手进门。他走过去，不知该说什么。她错误解读他的激动情绪而深受感动，在他面前啜泣了几声。

此刻的她美丽动人，前所未见。她身上穿着全新的紧身黑色洋装，一头金发盘成一个闪亮的圆髻，头上戴了黑色草帽。她不时以蕾丝花边小手帕轻按眼角，还轻轻甩了甩手帕后才放下。不过他现在满脑子想的都是这身黑色洋装是她用所赚的皮肉钱买的。

在他的注视下，她局促不安，开始徐徐移步。他抓住她的胳臂。

“我能跟你谈一下吗？就我们两个。”

李小姐知趣地走开。

“谈什么？”费伊问。

“我不想在这里谈。”他压低声音，态度神秘。

他领她沿着走廊走到一间无人的陈列室，墙上挂着重要人物葬礼的裱框照片，小架和小桌上陈列着不同棺木材质的样品，以及墓碑和陵园的迷你模型。

他不知道该说什么，一脸尴尬，还装出无辜的傻瓜表情。

她笑笑，态度变得几近友善。

“说啊，你这个大傻瓜。”

“吻一下……”

“好啊，宝贝，”她笑着说，“不过别把我的妆弄乱了。”两人轻吻一下。

她想离开却被他阻拦。她开始恼怒，要他说清楚。他在脑中搜索答案，但他应该询问的并不是他的脑袋。

她依偎着他，略显慵懒，但这不是因为疲惫。他曾见过正午时分被烈日晒过头的白杨幼苗也像她这样无力瘫软。

“你喝醉了。”她说，将他推开。

“拜托。”他恳求。

“放手，你这浑蛋。”

尽管她对他发怒，他仍觉得她好美，因为她的美是外貌构造，和树木一样，不在于她头脑很好或心地善良。正因如此，或许就连卖淫也减损不了她的美，唯有年纪、意外或疾病才能让她风华不再。

再多一分钟她就会呼救的，他得赶紧说些什么。她不会了解这种美学观点，到底他该说什么来支持自己的道德观呢？从经济角度来谈，也不会有说服力，毕竟卖淫的确能赚钱。顾客的三十美元有一半归小姐，一周至少能接客十次吧。

她踢他的小腿骨，他仍紧紧搂着她。忽然，他开口说话。他找到劝阻她的说辞了：疾病会摧残她的美。他像基督教青年会的讲师，对她高声阐述性保健知识。

她不再挣扎，低垂着头，阵阵哽泣。说完后他放开她的手，她跑出陈列室。他一路摸索着东西来支撑自己，踉跄走到一具刻花大理石棺柩旁。

他一直呆坐在那里，直到有个穿黑夹克和灰条纹裤的年轻人进来。

“你是来这里参加格林纳先生的葬礼的吗？”

托德站起来，若有似无地点点头。

“葬礼正要开始。”年轻人打开以罗缎丝布覆盖的小盒子，从里面取出一块抹布。托德看着他在陈列室走动，擦拭陈列品。

“或许已经开始了。”年轻人又说，手挥向门口。

托德这回明白了他的意思，离开了陈列室。只有一个出入口通到教堂，他一进去就被琼森太太抓住，要他找位子坐下。他现在好想离开，但实在不可能不引起骚动就脱身。

费伊坐在前排，面对讲坛，一旁坐着李家姐妹和玛丽·德芙，另一旁坐着艾比·库思奇。之后六排全都是圣贝纳迪诺佩章公寓的房客。托德孤零零地坐在第七排，他后面有几排空位，零星坐着一些看起来与这里很不搭调的人，有男也有女。

他往后转身，除了不想看见费伊抽搐的肩膀，也想打量后排那些人。他知道这是些什么样的人。这些人自己不是拿火把的主角，却会跑到火把后面呼喊叫嚷。他们是来看哈利的热闹，希望看见戏剧化的意外场面，就算没有，至少也能见到吊唁者歇斯底里哭着被带出教堂。托德觉得他们回望他的双眼似乎带着恶毒和刻薄，而且那种表情就在暴力边缘颤动着。他们一开始窃窃私语，他就半转身，从眼角偷瞄他们。

有个老妇走进来低声对着手持自制拐杖的老人说了几句话。那老妇因装了不合适的假牙导致脸变形。老人将她的话传下去，他们全都起身，匆忙跑到外面。托德心想，他们的探子见到明星进餐厅了。看来，他们会在外面守候几小时，直到明星出来，或被警察驱赶。

那群人一哄而散没多久，金戈一家来到。这家人是因纽特人，被带来好莱坞重拍一部关于北极探险的影片。影片早就拍完也发行了，但他们不想再回阿拉斯加。他们喜欢好莱坞。

哈利和他们一家人感情很好，经常一起吃饭，共享他们从犹太人开的熟食店买来的烟熏鲑鱼、白鲑鱼和腌制鲱鱼。他也跟着他们以锡杯喝过许多掺混热水和咸奶油的廉价白兰地。

金戈爸爸和金戈妈妈沿着教堂正中央的走道往前走，后面跟着儿子，一路和大家点头挥手致意。走到最前排，一家人围着费伊，轮流和她握手。琼森太太想叫他们坐到后排，但他们不理会，径自在前排坐下。

教堂天花板的灯光突然暗淡，而镶嵌着假橡木的墙壁上那些仿彩绘玻璃窗后面的灯光同时亮起。众人一阵沉默，只闻费伊的低泣声。电子风琴流泻出已录制好的巴赫圣歌《来吧，耶稣基督，我们的救世主》。

托德晓得这音乐。以前母亲常会在家以钢琴弹奏改编自这首乐曲的旋律。这首曲子邀请基督降临的方式很客气，明朗诚恳的语调辅以适量的恳求。它所邀请的上帝不是王中之王，而是害羞温柔的耶稣基督、被处女围绕的处子。

他被邀请来参加草地园游会，而非到某个疲惫受苦的罪人家里。这首乐曲不争辩，只以无限的慈悲和体贴来陈述，仿佛生怕不这么做就会惊扰未来的宾客。

依托德判断，在场没人专心聆听。费伊在哭，其他人则沉浸在各自的思绪里。巴赫呢喃唱出小夜曲来称颂基督并不是为了在场这些人。

没多久，音乐调性改变，愈来愈激昂。他纳闷这样的乐曲应该不会让在场的人有不同反应。低音乐器响起，他注意到这声音让因纽特人一家局促不安。随着低音愈来愈强，开始压过高音部，金戈爸爸愉悦地哼了起来。妈妈看见琼森太太正盯着他，赶紧伸出肥嘟嘟的手碰一下丈夫的后脑勺，要他保持安静。

“现在，来吧，我们的救世主啊。”乐声祈求着。原本的羞怯消失，听起来也不再那么客气。和低音搏斗的过程改变了它，让它渐渐出现威胁和不耐烦的意味。然而，他察觉不出里面有一丝丝的怀疑。

他心想，就算真的有一丝威胁和不耐烦，仅仅一丝丝，也不能怪巴赫吧？毕竟他写这首乐曲时，这世界已经等待爱人降临超过七百年了。这时，音乐又改变了，威胁和不耐烦消失，高音部以自由胜利的姿态昂扬升腾，低音部不再想费力地压下高音，而开始发挥丰富的伴奏角色。“不管来或不来，”音乐似乎诉说着，“我依然爱你，我的爱丰盛充足。”这是简单的事实陈述，不是哭喊或低诉，也不傲慢或谦卑。

或许基督听到了。但就算听到，他也没任何表示。而在场的人们都听见了，他们从音乐得知，现在棺柩里的哈利要被推出来了。琼森太太紧跟其后，检查棺柩是否安置妥当。她举起手，巴赫乐曲在一个乐句中静默下来。

“在开始布道前，想瞻仰遗容的人请到前面来。”她大声宣布。

在场只有金戈一家人立刻起身。他们走到棺柩旁，但琼森太太要他们回去，示意费伊应该第一个起身瞻仰。玛丽和李家姐妹搀扶着她，她快速瞥了一眼后哭得更厉害，匆忙回到长椅坐下。

接下来是金戈一家。他们俯身望向棺柩里面，以一连串浓重、短促的喉音彼此交谈，想再看第二眼时被琼森太太坚定地请回座位。

矮个儿艾比先生悄悄走到棺材旁，挥舞手帕制造效果。琼森太太眼见他后面没人跟上，失去耐心，仿佛大家没兴趣瞻仰遗容是对她个人的一种侮辱。

“想要见格林纳先生最后一面的人立刻出来！”她吼道。

会众一阵骚动，就是没人起身。

“你，盖尔太太，”她直直望向被她点名的妇女，“你呢？你不想见他最后一面吗？再过不久你的邻居就会被埋起来，永远见不到了。”

眼看无法拒绝，盖尔太太只好移动到过道，后面跟上几个人。

托德以他们为掩护，趁机溜之大吉。

第十八章

葬礼过后费伊就搬出了圣贝纳迪诺公寓，托德不知她去了哪里。有一天他鼓起勇气准备打电话问詹宁夫人，这时恰巧从办公室窗户瞥见她的身影。她穿着拿破仑时代随军女贩的服装。他打开窗户时，她几乎就要走过建筑物转角。他赶紧大喊要她等等，她朝他挥手，他一下楼却发现她已走掉。

从她那身服装来看，他很确定她一定在拍摄《滑铁卢》。他询问制片公司的警卫，拍片现场在哪里，对方说就在后面摄影棚。他立刻走过去。这时有一列骑在巨马上的高大骑兵从他旁边经过，他知道他们的目的地与他相同，立刻跟在后面。岂料骑兵队突然跃马飞奔，他被远远甩在后头。

太阳炙热，马蹄扬起一片尘沙，呛得他的眼睛和喉咙好难受，头也阵阵抽痛。放眼望去，唯一的阴凉处就是彩色帆布所绘制的一艘邮轮和吊在邮轮船舷那几艘真实小船的布景下方。他在狭窄的阴影底下站了一会儿，再走向隐约矗立远方的狮身人面像。这巨大布景有四十英尺高，由混凝纸浆制成。要走到那里得横越一片沙漠。一列列卡车不断运来白沙，让这沙漠的面积持续扩大。才走上沙漠几步，就有人透过扩音器命令他离开。

他绕过沙漠，往右转了个大弯，走到西方街，这里的人行道是以板条铺设而成的。“最后良机”酒吧的门廊有把摇椅，他在摇椅上坐下，点燃一根烟。

从他所在之处，看得见一片人工丛林，一头水牛系在圆锥形茅屋的一侧，每隔几秒就发出美妙的哞哞声。突然，有个阿拉伯人骑着白色种马奔驰而过，他朝对方喊叫，但没得到响应。没多久有辆卡车满载人造雪和几只北极拉橇犬驶过，他又喊了几声，司机回喊些什么，但没停车。

他扔掉香烟，推开酒吧门往里走，却发现来到的不是酒吧，而是巴黎街头。他沿街走到尽头，置身在罗马式的庭院中，听见不远处有人声，便循声走过去，看见纤维做的假草地上一群穿着骑马服装的男女正在野餐。他们在玻璃纸做的瀑布前假装吃着硬纸板做的食物。他向他们问路，被旁边的男子制止，那人一脸不悦地高举一块牌子："影片拍摄中，请安静。"托德不理会又往前一步，男子立刻挥舞拳头做出威胁状。

接着，他来到一座小水池，几只亚克力材质的大天鹅漂浮在池面上。水池另一端有座桥，桥上有个牌子写着"通往康姆帕·孔菲特"。他越过桥，沿着小径走到一处敬拜爱神的希腊神殿。爱神雕像面朝下趴在一堆旧报纸和空瓶之间。

站在神殿台阶上，他看见远处有条路，两侧白杨树夹道。他刚刚就是在这里被骑兵甩开的。他奋力往前穿越一团假荆棘、泄气的旧轮胎和破铜烂铁，绕过齐柏林飞船的骨骸、一排竹栅栏、一座泥砖碉堡、特洛伊木马、一段巴洛克式的宫殿阶梯。阶梯下方是一片杂草丛，上方是一棵橡木的枝丫。接着他走过十四街的高架电车站，看见一座荷兰风车、恐龙骨架、美国内战时期所兴建的"梅里麦克"号船只的上半部，以及玛雅式神殿。最后终于走到马路上。

他气喘吁吁，到白杨树下那块以褐色灰浆制成的岩石坐下来休息。他脱下外套，凉风徐徐，感觉舒服多了。

他最近想到的艺术家不只有西班牙浪漫主义派戈雅和法国写实讽刺画家杜米埃，还有十七、十八世纪的某些颓废派和神秘派意大利画家，譬如萨尔瓦多·罗萨（Salvator Rosa）、弗朗西斯科·瓜尔迪（Francesco Guardi）、蒙苏·德西德里欧（Monsu Desiderio）。此刻俯望山脚，眼前景色犹如罗萨描绘加勒比海的画作。部分拆除的建筑物和残破的纪念碑半掩在饱受摧残的巨树后，裸露在不毛地表的树根盘根错节，附近的灌木丛不见花朵或莓果，只有钉、钩和剑等器械。

对瓜尔迪和德西德里欧这两名画家来说，这世界上的确存在着两端什么也没有的桥，存在着以树做成的雕塑品，还有微风一吹整根石柱就扑扑拍动的大理石宫殿。画面中也有人的踪影。托德所坐之处几百码外有个男子头戴绅士帽，倚靠在威尼斯式三桅帆船的镀金船艉上削苹果。再往前有个打杂女佣站在折梯上，以肥皂和水刷洗三十英尺高的佛陀圣容。

他离开马路，爬上山脊，从另一侧俯瞰。一片约十英亩[1]大的野地长满芒刺杂草，里头零星散布着一丛丛向

1　1 英亩约为 4047 平方米。

日葵和野生橡胶树。田野中央是堆积如山的布景、泄气轮胎和道具。就在他眼下，一辆十吨重的卡车又在原来那堆上面倒了满车垃圾。这里就是整个好莱坞的最后垃圾场。他想起美国作家简维尔（Janvier）的“藻海（sargasso sea）”,那片想象的水域是文明历史的海洋垃圾场。同样地，制片厂也是梦想的垃圾场。想象的藻海！这里的垃圾量会愈来愈多，因为任何地方所飘浮的梦想没多久就会出现在这片垃圾堆上，虽然那些梦想一开始能借由灰浆、帆布、木条和油漆装点得栩栩如生。许多船沉了，永远抵达不了藻海，但梦想永远不会消失。在某些地方，梦想会折磨某些不幸的人，而终有一天，那人被折磨够了之后，梦想就会在片厂重新复制出来。

他看见天空一抹红光，还有大炮轰隆响，知道那里一定是《滑铁卢》的拍摄现场。马路转角出现一群奔驰的骑兵，戴着黑色硬纸板做的盔甲，马鞍皮套里装着长马枪。这些人正是法国作家雨果笔下的骑兵模样，他之前就曾根据《悲惨世界》的描述，谨慎地画出这些服装的草图。

他朝着他们的方向走去。没多久，有一群隶属法国勒费弗尔将军（Lefebvre-Desnouettes）的士兵从他身边走过，后面跟着一大群最精良的法军、数连铁卫轻骑兵和一支匆忙奔驰而过的长矛轻骑兵分遣队。

他们这番大阵仗一定是为了拍摄惨烈攻击的那一幕。他没读过剧本，不知道在剧本里昨天的场景是否也下雨。拿破仑麾下的格鲁希将军或敌军布吕歇尔元帅抵达了吗？或许制作人葛罗斯坦会修改剧情吧。

大炮的声音愈来愈响，天空的红光愈来愈强。他闻到空包弹的刺鼻香味。或许在他到那里之前，这一幕已经拍完了。他加快脚步，经过一处急弯后跑上高处，从那里看见下方辽阔的旷野上满是十九世纪初期的军队，精心制作的军服色彩鲜艳。小时候他很喜欢这种军服，经常沉浸于旧字典里的图片，久久地看着里头穿这种服装的士兵。平原远方有个隆起的大丘，英军和盟军正在附近集结。这就是滑铁卢之役著名的圣杰安山（Mont St. Jean），那些英军正准备勇敢地捍卫这个地方。不过布景还没完全搞定，现场仍可见一大群舞台工作人员、道具师、服装师、木匠和漆工。

托德站在一棵尤加利树旁观看，隐身在一块写着“滑铁卢——查尔斯·葛罗斯坦监制”的牌子后面。旁边有个年轻人穿着细心撕裂的铁卫骑兵的服装，在助理导演的指导下排练台词。

“法王万岁！”年轻人大喊一声，抓住胸口倒地死去。助理导演要求很高，他反复排练，一遍又一遍。

旷野正中央如火如荼交战着，看来英军和盟军快挺不住了。奥兰治亲王在中间指挥，西尔将军固右翼，匹克敦将军守左翼，但身经百战的法军仍节节进逼。英勇无畏的奥兰治亲王屈居劣势，托德听见他高分贝的声音压过混战的喧嚣，嘶哑地对着荷兰人和比利时人叫嚷：“拿骚，布伦瑞克邦国的同志们，我们绝不撤退！”尽管如此，西尔将军已倒下，麾下军队已开始溃散。法军一颗子弹贯穿了匹克敦将军的脑袋。他退场后转身回更衣间。奥尔坦中将被一剑刺死，于是他也退场。由双桥皇家王子所领军的鲁伦堡营旗帜被穿着普鲁士小鼓手服装的某个著名童星抢夺。苏格兰灰军服被撕破，演员只好改穿别的军服。蓬森比爵士的重骑兵服装也在混战中裂成一条条，看来制作人葛罗斯坦先生得赔偿“西方服装公司”一大笔钱了。

整个场景不见两方主帅拿破仑或惠灵顿。权充惠灵顿角色的助理导演克兰先生负责指挥盟军。他调派切斯中将和维恩克中将的分队来加强中部的兵力，又调动布伦瑞克邦国及韦尔斯地区的步兵、达文地区的义勇骑兵队，以及戴着椭圆毛帽，帽上还有马毛羽饰的汉诺威轻骑兵来支援。

在法军方面，有个戴着方格图案鸭舌帽的男人命令米豪得中将的甲胄骑兵去攻下圣杰安山。他们咬着军刀，持着手枪，向前冲去，景象骇人。

戴方格鸭舌帽的男子犯了要命的错误。圣杰安山还没完全做好，油漆未干，支架也还没固定住。由于现场炮火浓烟密布，他没看见道具工和木匠仍在处理那座山。

托德知道，这种失误很经典，因为当年拿破仑也犯了相同的错误，只不过原因不同。当年拿破仑皇帝命令胄甲骑兵攻下圣杰安山，不知道敌军已在山脚挖掘一条条壕沟，等着诱捕他的重型骑兵。对法军来说，后果惨烈，而这场战役也由此迈向终点。

虽然失误相同，结果却不同。戏棚里这场滑铁卢战役不是法国大军的终结之役，而是双方平手之战。两方人马都没赢，明天还得再战一次。至于工作人员的巨大损失，则由保险公司来承担。而那戴着方格鸭舌帽的家伙则被制作人打入冷宫，就像拿破仑被流放到圣赫勒拿岛。

米豪得中将的甲胄骑兵听从戴鸭舌帽那家伙的命令，攻下圣杰安山，整座山因此倒塌。巨大的声响令人心惊肉跳。铁钉被挤出托梁时发出痛苦的哀号，帆布的撕裂声就像孩童在哭泣。板条和小木料像碎裂的骨头，散落一地。整座山头像一把大伞突然收起，画布将拿破仑军队全数覆盖。

然而，原本胜利的一方也开始溃散。柏西那、莱比锡和奥斯特利兹地区的胜利者像打破窗户玻璃的小学生一哄而散。“Sauve qui peut!（逃命吧！）”他们喊着，“快跑啊！”

英军和盟军也卡在布景里动弹不得，必须等待木匠和救护人员来帮忙。英勇的第七十五联队苏格兰高地士兵，从倒塌残骸中被滑车救出来，用担架送上救护车时，仍英勇地紧抓着手中的大阔刀。

第十九章

托德搭制片厂的便车回办公室，不过他得站在车门外的踏板上，因为车里的座位被两个瓦隆地区的掷弹兵和四个斯华比雅地区的步兵坐满了。有个步兵断了腿，其他则只有挫伤和瘀青，虽然受伤了，却个个都很高兴，因为能额外多领几天薪资，而且那断腿的人自认应该能多得五百美元赔偿。

托德回到办公室，发现费伊在等他。她没出现在那场战役中，因为最后一刻导演决定不用随军女贩。

他很惊讶，没想到她打招呼的态度这么温暖友善。尽管如此，他还是想为那天在葬礼上的行为向她道歉，但才一开口就被她打断。她没生气，反倒感激他那番关于性病卫生的教诲，让她整个人清醒过来。

还有另一件事更让他惊讶。她现在和荷马·辛普森住在一起。这种安排纯粹是事业考虑。荷马答应给她提供住处，资助她所需的衣物，直到她在演艺圈崭露头角。他们会把他花在她身上的每分钱记下来，等她拍电影大受欢迎后再加上六分利息还给他。为了让双方这种条件具有法律约束力，他们会找律师拟定合约。

她硬要托德发表意见，他只好说，这主意听起来很不错。她向他道谢，邀请他隔天和他们共进晚餐。

她离开后，他思忖着和她同住能带给荷马什么好处。他心想，或许能让荷马过得像样点吧。他欺骗自己，相信有这样的画面：男人是一块铁片，加热后能用铁锤敲平。其实，他早该看清楚荷马这个人根本缺乏可塑性。

他和他们共进晚餐时继续犯这种错误，假设荷马是可造之才。费伊似乎很开心，不断谈着什么先使用后付费的账户，以及愚蠢售货员等话题。荷马在纽扣孔里插上一朵鲜花，脚上踩着室内拖鞋，整晚看着她微笑。

用完餐后，荷马在厨房洗碗盘，托德要费伊说说他们成天都如何度日。她说，他们过得很平静，她很满足现状，因为她已经厌烦热闹刺激的生活。现在她只希望能在影视圈闯荡出一番成就。家事都由荷马负责，她能获得充分的休息。之前照顾长期生病的爸爸，她实在累垮了。荷马喜欢做家务，而且为了她的玉手，怎么都不会让她进厨房。

“应该说为了他的投资吧。”托德说。

“是啊。我这双手得漂漂亮亮才行。”她认真地应答。

她继续说着在这里的生活。十点左右荷马会把早餐送到她床上。他买了居家杂志，将餐盘摆得跟杂志上的照片一样。她沐浴更衣时，他就打扫房间，然后两人一起进城，她会买各种东西，多半是衣服。为了她的身材着想，他们通常不吃午餐，晚餐多半在外头吃，吃完后会去看电影。

“然后去喝冰激凌汽水。”荷马从厨房走出来，替她把话说完。

费伊笑笑，起身告退。他们要出去看电影，她想换套衣服。她离席后，荷马建议托德到庭院透透气。他要托德坐在躺椅上，自己则坐在原本用来装橘子、现在翻过来开口朝下的条板箱上。

托德忍不住思忖，若当初行事谨慎点、体面周到些，或许现在和她住在一起的人会是他。起码他长得比荷马好看吧。不过话说回来，她还要求其他条件呢。荷马有钱，住在独栋房子里，哪像他一周只赚三十美元，住在附家具的分租房间里。

荷马脸上的笑容让他很惭愧。他这么想真是太不厚道了。荷马很谦卑，又懂得感激，他从不会取笑她，也不嘲笑任何事物。是因为这种特质，她才会愿意和他过这种她认为水平较高的生活吧。

“怎么啦？”荷马轻声问，将一只粗重的手放在托德膝上。

“没什么。怎么这么问？”

托德移动一下，让荷马的手滑开。

“你刚刚皱着脸。”

“我在想事情。”

“哦。”荷马深表同情地说。

托德情不自禁问了个蠢问题。

“你们什么时候结婚？”

“费伊没告诉你吗？”荷马一脸受伤的神情。

“有，大概说了一下。”

“这单纯只是事业考虑。”

“是吗？”

为了让托德相信，荷马滔滔不绝说着不成理由的理由，他一定是靠这样说服自己的。他甚至说他们之所以这么做，是为了完成哈利的遗愿。现在费伊除了演艺事业，可以说一无所有，所以为了爸爸，她必须成功。之前她无法成为大明星，是因为她没有好衣服，而他有钱也相信她有才华，所以两人很自然地有了这种事业上的安排。他还问托德是否认识不错的律师。

这问题不需要回答，但若托德展露笑容，就会变成一个真正的问题，荷马会追问不已，逼着他非得回答不可，所以他决定蹙眉，但这么做也不对。

“我们这周就会去找律师拟定合同。”

托德见他这么急于澄清，替他感到可怜，虽然想帮他，却不知该说些什么。就在绞尽脑汁想办法时，车库后面的山坡传来女人的呼喊声。

“阿多尔！阿多尔！”

她的嗓音宛如女高音，纯净又清亮。

“这名字真有趣。”托德说，很高兴能转移话题。

“或许是个外国名字。”荷马说。

女人从车库转角走进院子，她的样子很急、身形丰满，道地美国人的模样。

“你们见到我儿子了吗？”她一脸无助地问，“阿多尔实在很爱乱跑。”

托德很惊讶见到荷马竟站起来打招呼，还对女人微笑。看来他害羞的毛病被费伊治好了。

“你儿子不见了吗？”荷马问。

“哦，不是，只是躲起来捉弄我。”

她伸出手要和荷马握手。

“我们算是邻居吧，我叫梅贝尔·卢米斯。”

“女士，很高兴认识你。我叫荷马·辛普森，这位是哈吉特先生。”

托德也和她握手打招呼。

“你住在这里很久了吗？”她问。

“没有，刚从东部搬过来。”荷马回答。

“我，是吗？自从六年前我先生去世后，我就一直住在这里，算是老住户了。”

“那你喜欢这里吗？”托德问。

“你是说加州啊？”她笑着反问,不相信会有人不喜欢，“嘿，这里可说是人间天堂啊！”

“的确。”荷马认真地表示赞同。

“总之啊，为了阿多尔，我得住在这里。”

“他病了吗？”

“哦，不是，是为了他的演艺事业。他的经纪人说他是好莱坞最引人注目的小童星。”

她说得好兴奋，荷马反倒听得畏缩起来。

“他跃上大银幕啦？”托德问。

“可以这么说。”她激动地说。

荷马想让她平静一些。

“那很棒啊。”

“如果不是他们那些人偏心，”她咬牙切齿地说，“他早就是大明星了。这跟天分无关，全是捧出来的。雪莉·坦普尔凭什么得到我儿子得不到的东西？”

“哦，这我就不知道了。”荷马喃喃地说。

她不理会他，又担心地呼唤起来。

“阿多尔！阿多尔！”

托德经常在片厂四周见到这种妈妈。她们会拉着孩子从一个选角办公室奔到另一个选角办公室，坐下来一等几小时、几周甚至几个月，只为有机会让孩子露脸表演。其中有些是穷困人家，但无论多穷总会设法筹钱，还经常做了很多牺牲，一心要把孩子送进无数才艺训练所的其中一所。

“阿多尔！”她再次呼唤，然后笑笑，又变成一个和蔼可亲、身材矮胖的家庭主妇，胖嘟嘟的两腮和肥滚滚的手肘都有肉窝。

“你有孩子吗？辛普森先生。”她问。

“没有。”荷马回答，不好意思地羞红了脸。

“真幸运啊，小孩很麻烦的。”

她笑笑，表示并不是这个意思，然后继续召唤儿子。

“阿多尔……哎呀，阿多尔……”

然后，她问了一个让他们两人愣住的问题。

“你们追随谁？”

“什么？”托德说。

“我是说，在健康和生命的道路上，你们追随谁？”

两人目瞪口呆地看着她。

“我是个有机生食者，我们的领袖是皮尔斯博士。你们一定看过他的广告——洞悉万物，无所不知。”

“哦，对。你们这一派是素食主义者。”托德说。

他的无知让她忍不住发笑。

“差多了呢。我们严格多了。素食主义者是吃煮过的蔬菜，我们只吃生食。死亡就是吃了死掉的食物造成的。”

托德和荷马都不知该说些什么。

“阿多尔，”她又开始呼唤，“阿多尔……”

终于，车库转角传来响应。

“妈妈，我在这里。”

片刻后有个小男孩出现，身后拖着一艘带轮的小帆船。大约八岁的他有张苍白削尖的脸，宽大额头似乎过度忧虑地挤皱着，一双大眼炯炯有神，眉毛显然小心翼翼地修饰过。除了上衣那对宽大的圆领，长裤、背心和夹克装扮就像个小大人。

他想吻妈妈，不过被她挡下了。她拉拉他的衣服，动作有点粗鲁地替他整理穿着。

“阿多尔，来见见我们的邻居辛普森先生。”她厉声说。

他像个小兵听到教练班长的命令，立刻面向荷马，和他握手。

“很高兴认识你，先生。”他脚跟并拢，背脊挺直地弯腰鞠躬。

“在欧洲就是这么打招呼的。他很可爱吧？”卢米斯太太笑着说。

“这帆船好漂亮啊。”荷马想表示友善。

母子俩不理会他的赞美。她指指托德，儿子立刻以相同的方式对着他并拢脚跟鞠躬。

“噢，我们得走了。”她说。

托德看着那孩子，他站在母亲身旁，对着荷马做鬼脸，除了翻白眼，还歪嘴发出一声低鸣。

卢米斯太太注意到托德的目光，立刻转身，看见阿多尔的把戏后，用力拽他手臂，将他迅猛拉离地面。

“阿多尔！”她咆哮，旋即向托德道歉，“他以为他是科学怪人。”

她抱起小男孩，对他热情地又搂又亲，再将他放下，替他整理凌乱的衣服。

“阿多尔要不要唱首歌给我们听？”托德问。

“不要。”小男孩断然拒绝。

“阿多尔，快唱！”他母亲大声呵斥。

“没关系，他不想唱就算了。”荷马说。

但卢米斯太太坚决要他唱。她可不准他拒绝任何一位观众。

“唱，阿多尔。”她以沉着的威胁口吻说，“唱那首《妈妈不要豌豆》。”

肩膀抽搐的他仿佛已经感受到妈妈有条皮鞭。他将草帽斜戴，半遮住一只眼，扣好夹克，往前跨一步，开始唱歌：

妈妈不要豌豆，

也不要白米和椰子油，

成天只要手边有瓶白兰地，

妈妈不要豌豆，

妈妈不要椰子油。

他的歌声低沉粗犷，还熟练地运用蓝调歌手特有的断续哼吟。他稍微摇晃身体但没配合节奏，不过手势很有表情。

妈妈不要杜松子酒，

因为这酒会让她做蠢事。

妈妈不喝杜松子酒，

因为那肯定会让她犯罪，

让她成天全身发热吃苦头。

这孩子似乎懂歌词的意思，至少他的身体和声音仿佛懂得。唱到最后的副歌时，他扭腰摆臀，声音里带着浓重的性爱痛苦。

托德和荷马大声鼓掌喝彩，阿多尔径自抓起帆船的系绳，在院子里绕圈。他模仿水手拖着船只，还嘟嘟吆喝了几声才跑开。

“虽然他只是个孩子，不过很有天分啊。”卢米斯太太骄傲地说。

托德与荷马点头表示赞同。

她发现孩子又跑掉了，赶紧跟着离开。他们听见她在车库后方的树林不断呼喊。

“阿多尔！阿多尔……”

“那女人真有趣。”托德说。

荷马叹了口气。

“我想，要跃上银幕真的很困难吧，不过费伊真的很美啊。”

托德很同意。一会儿后费伊出现，穿着一件新的印花洋装，戴着阔边帽，这回轮到托德赞叹了。这样的美丽简直无与伦比。她在门前的台阶摆姿势，重心不稳晃了一下，随即恢复平衡，低头看院子里这两个男人。她微笑，那是一种没被思想所污染的浅浅笑容，看起来就像新生儿，温润清新，活泼，香喷喷。托德突然意识到自己那双笨拙迟钝、皮肤又粗又老的双脚，以及僵硬粗厚、抓着一顶厚重粗糙毛毡帽的双手。

他不想和他们去看电影了，但实在躲不掉。黑暗中，坐在她身边的托德果然感受到他预期会有的折磨。她那种自我满足的神情让他局促不安。他兴起一股难以抗拒的冲动，好想挥出一拳，或至少突然改变姿势来打破这种平静的表象。

他开始纳闷，或许自己也跟他所描绘的那些人一样，具有一种根深蒂固、令人厌恶的冷漠。或许要受到强烈刺激他才会有感觉，而这就是他追求费伊的主要原因。

他匆忙离开，连一句“再见”也没说。他已经决定不再追求她了。这个决心容易下，但要执行可没那么简单。为了设法做到，他仰赖聪明人口袋里满满伎俩的其中一招。他告诉自己，画她的次数已经够多了，现在该将装有她素描的画夹收起来，系上绳索，扔进大皮箱。

这招很幼稚，就连原始的巫术或许都不屑一顾，不过却很管用，让他能好几个月躲着她。这段时间，他拿着画板和笔不断寻找新的模特儿。他晚上会到好莱坞不同的教堂，画那些做礼拜的人。他去过“有形有体的基督教堂”，在那里只要持续使用胸肌砝码和弹簧臂力棒来健身，就能感受到神的存在。还有“无形的教堂”,里面除了有算命师，还能通过死人寻回失去的东西。“第三降临聚会所”有穿着男性服装的女人宣扬“反盐圣战运动”。在“现代圣殿”那玻璃和铬做成的屋顶底下，则有人传授着“以大脑呼吸，阿兹特克人的秘密”。

他看着那些在教堂硬椅上不安扭动的人，想起意大利画家马尼亚斯科（Alessandro Magnasco）会如何以夸张的笔触呈现出他们虚脱无力的肉体与狂野混乱心智之间的对比。他不会像英国画家贺加斯（William Hogarth）或法国写实讽刺画家杜米埃 (Honoré Daumier) 那样挖苦他们，但也不会同情他们。他会带着崇敬来描绘他们的愤怒，欣赏其可怕的混乱力量，察觉他们具有毁灭文明的能力。

周五晚上在“第三降临聚会所”，有个靠近托德的男子起身说话。虽然他有个很白人化的名字，好像叫汤普逊或约翰生之类的，但事实上他家乡是苏族（印第安人的一族）的艾奥瓦州苏城（Sioux City），而且他有一双仿佛被闪亮鞋钉戳陷的深邃眼睛，就像意大利画家马尼亚斯科笔下的僧侣。或许，他刚从苏布巴温泉附近沙漠的某个化外之地回来，在那里通过生蔬坚果来欺骗自己的灵魂。这人很愤怒，带了一个信息回城市：罗马衰落是知识浅陋的隐士造成的，是失调饮食、经济困境与《圣经》里提到的威胁所交杂的混乱状态导致的。他宣称见过英国诗人暨画家威廉·布雷克笔下的"愤怒之虎"潜行于城堡围墙边，还有"欲望豺狼"潜伏于灌木林地里，他认为这不祥的预兆与"每周四领三十美元"的退休福利政策及肉食行为有关系。

托德没取笑这家伙的花言巧语，他知道这家伙那些言辞不重要，真正重要的是他那救世主式的愤怒和听众的激情反应。群众跳起来，挥舞拳头大声吼叫，圣坛上有人开始击低音鼓，没多久会众高唱《基督精兵，前进》(*Onward, Christian Soldiers*)。

第二十章

一天天过去，费伊与荷马的关系日渐生变。她愈来愈不耐烦两个人一起生活，而随着厌烦程度的增加，她不禁要找他麻烦。一开始她不自觉地这么做，后来蓄意让他难堪。

荷马甚至比她更早看出这种关系差不多要结束了。而他阻止这天到来的唯一方式就是对她更加百依百顺、慷慨馈赠，把她服侍得无微不至，还给她买用夏天猎捕的貂才能做出的高级褐色貂皮大衣，以及浅蓝色的别克汽车。

卑躬屈膝的他就像一只笨拙畏缩的狗，总是预期甚至期望挨打。从某方面来说，他甚至有故意让别人攻击他的强烈欲望，而他慷慨大方的行径更惹人怒。他是那么无助又无私，使得她就算设法仁慈待他，也仍显得她既恶毒又残酷。而且那情意如此沉重，她想视而不见都不可能，逼得她只好以憎恨来回应。他在毁灭自己，并强迫她接受良心的谴责，虽然他并非有意这么做。

托德再次见到他们时，两人的关系几近决裂。有一天深夜，托德准备上床睡觉的时候，荷马来敲门，说费伊在楼下的车子里，要他和他们一起去夜总会。

荷马那身装扮实在很可笑。他穿着一件蓝色的宽松亚麻休闲裤，黄色马球衫外套了件巧克力色的法兰绒夹克。这种穿着只有在黑人身上才不显怪异，而荷马一点都不像黑人。

托德搭他们的车到“灰姑娘夜总会”。这里坐落于“西方大道”，是一栋外观像女性拖鞋的灰泥建筑物，里面有女演员表演歌舞。

费伊心情很差。侍者问他们要喝什么，她坚持替荷马点香槟，无视他自己想喝咖啡。侍者两样都送来，她硬要对方将咖啡端回去。

荷马以前说过多次他不能喝酒，因为酒精会让他身体不舒服，这次他照例费尽唇舌解释。费伊假装耐心听着，但他一说完，她就哈哈笑，还将酒杯举到他嘴边。

“你这该死的东西，给我喝下去。”她说。

她倾斜酒杯，但他抵死不开口，任凭酒滴淌到下颏。他拿起整齐折叠的餐巾，没打开就直接擦抹。

费伊又唤来侍者。

“他不喜欢香槟，给他来杯白兰地。”

“拜托，费伊。”荷马摇头，委屈地说。

她将白兰地凑近他嘴边，他转头拒绝，她硬把酒杯凑上去。

“来啊，老兄，干杯啊。”

“放过他吧。”托德终于说话。

但她毫不理睬，仿佛没听见。她现在恼羞成怒，熊熊怒火蓄势待发。

“喝下去，老兄，不然老娘赏你一巴掌。”她粗暴地说完后转身面对托德，“我不喜欢不喝酒的人，这种人不够意思，他们自以为高人一等，我最不喜欢的就是这种人。”

“我没觉得自己高人一等。”荷马说。

“有，你就是有。我醉醺醺，你很清醒，所以你觉得高我一等。去死吧，你这自以为优越的臭家伙。”

他张嘴想辩解，她趁机将白兰地倒入他嘴里，捂住他嘴巴，让他无法吐出来，有些甚至呛到鼻子里。

荷马又拿起没打开的餐巾抹净自己，费伊再点一杯白兰地，酒来了之后她将酒杯递到他唇边，这次他自己接过去，痛苦地硬吞下肚。

“这才像个男子汉嘛。干得好啊，邋遢鬼。”她说。

托德邀她跳舞，想让荷马有时间独处。两人走到舞池时，她试图替自己辩解。

“那家伙的优越感快把我搞疯了。”

“他是爱你的。”托德说。

“是啊，我知道，不过他真是个大老粗。”

说着说着她趴在他肩上哭了起来，他将她搂紧，决定冒险一试。

“跟我上床。”

“不行，宝贝。”她带着同情的口吻拒绝他。

“拜托，拜托……一次就好。”

“我不能，亲爱的，我不爱你啊。”

“你替詹宁夫人工作过，就假装你在替她工作。”

她没生气。

“当时我错了，总之，两者不能相提并论。我只不过做了几次，为了付清我爸葬礼的钱，况且那些人都是陌生人。你懂我的意思吗？”

“我懂，可是，亲爱的，拜托你。我以后绝不再烦你，我会立刻到东岸去，求求你。”

“我办不到。”

“为什么？”

“我就是办不到。对不起，亲爱的，我不是卖弄风骚的女孩，也不喜欢这么做。”

“可是我爱你啊。”

“不行，甜心，我就是办不到。”

两人沉默地跳完这首曲子。他很高兴她这么端庄检点，没让他觉得自己太荒谬。

两人回座，荷马的姿势仍和他们离开时一模一样，一手拿着折叠得整齐如初的餐巾，另一手拿着空酒杯。那种无助神情真令人恼怒。

“费伊，你说得没错，白兰地好喝，让人喝了想欢呼！”荷马说。

他握着酒杯的手在半空小小地划了一圈。

“我比较喜欢威士忌。”托德说。

“我也是。”费伊附和。

荷马又试图表现出豪迈，想融入今晚的气氛。

“卡尔森，”他叫来侍者，“再来几杯酒。”

他对他们咧嘴一笑，费伊爆笑出声，荷马强迫自己跟着她笑。忽然，她收起笑容，他察觉只剩他一个人笑，尴尬地将笑声转为咳嗽，以餐巾掩住咳嗽声。

她转身对托德说话：“对这种大老粗，你还能怎么办呢？”

乐团奏起音乐，让托德能假装没听见她的问题。三人面向舞池，看着穿上红绸紧身礼服的年轻人唱着摇篮曲。

小家伙，你哭了，

我知道你为何悲伤，

有人偷了你的小车车。

不过现在去睡觉吧，

小家伙，你忙了一天啦……

这男子歌声轻柔而有穿透力，姿态韵味十足，还不自觉地做出一连串抚摩动作。他的表演太简单、太内敛，绝无谐谑意味，甚至连一点舞台效果都没有。这个肤色黝黑、手臂纤细无毛、肩膀圆润绵软、低声吟唱时还会轻轻摇晃隐形摇篮的男人，其实是个女人。

表演结束，年轻男子赢得满堂喝彩，他抖抖身体，摇身一变成为演员，做起戏来。他假装不习惯这种穿着，被自己的长裙绊倒，接着撩起裙子让大家看看裙底的巴黎吊袜，然后摆动着肩膀跨步离去。他模仿娘娘腔男人的表演看起来蹩脚又淫秽。

荷马和托德为他鼓掌叫好。

“我讨厌娘炮。”费伊说。

“所有女人都讨厌。”

托德以为她随口说笑，没想到费伊真的一脸愤怒。

“恶心死了。”她说。

他正准备说点什么，费伊已经转向荷马。她似乎情不自禁就想找他麻烦。这次她狠狠地捏他的手臂，直到他轻轻地哀叫一声。

“你知道什么是娘炮吗？”

“嗯，知道。”他迟疑地说。

“好，那就说啊，什么是娘炮？”她厉声质问。

荷马局促不安，仿佛感觉到他的统治者在背后盯着他。他向托德投来哀求的眼神，托德用唇语说出“同性恋”来帮他。

“通心面。”荷马说。

费伊爆笑出声，不过他那受伤的神情让人很难不发慈悲，于是她拍拍他的肩。

“唉，你真是个乡巴佬啊。”她说。

费伊饶过自己，荷马感激地笑笑，举手要侍者再送上一轮酒。

乐团开始演奏，有个男人过来邀请费伊跳舞。她对荷马连个招呼也不打，径自跟着男子往舞池里去。

“那是谁？”荷马问，目光一路追随他们。

托德假装他知道那人，对荷马说他经常在圣贝纳迪诺公寓见到他。这番解释让荷马很满意，不过也让他想到别的。托德几乎能看见正在他脑袋里成形的问题。

“你认识厄尔·苏帕吗？”荷马终于开口问。

“认识。”

接着荷马滔滔不绝但含糊不清地说起一只黑母鸡的事。他不断提到母鸡，仿佛他不能忍受厄尔和那个墨西哥人是因为那只母鸡。他是一个无法憎恨的人，此刻却努力描述那只鸡多让人厌恶。

“你从没看过那么恶心的东西，它蹲下来和转头的姿势真的让人想吐。公鸡把它脖子上的羽毛拔光，整个鸡头血淋淋，而且它脏兮兮的脚上还长满疣。他们将它扔进鸡栏里时，它还叫得很难听。”

“谁把它丢进鸡栏里？”

“那个墨西哥人。”

“米格尔？”

“对，他几乎跟母鸡一样恶心。”

“你到过他们的营地？”

“营地？”

“在山里的营地啊。”

“不是。他们住在车库。费伊问我介不介意让他朋友厄尔住在我家车库一阵子，因为他身无分文。不过我不清楚那些鸡或墨西哥人是怎么回事，反正现在一堆人没工作。”

“你干吗不把他们轰出去？”

“他们穷困潦倒，没地方去，反正住在车库里也没多舒服。”

“可是万一他们不守规矩乱来呢？”

“就只有那只母鸡让人受不了，我不讨厌公鸡，公鸡很漂亮，不过那只肮脏的母鸡就真的很恶心。它每次都会摇晃脏兮兮的羽毛，还叫得很难听。”

“你不必看它啊。”

“他们每天下午都会固定时间斗鸡，就在我跟费伊出去购物回来，还没准备晚餐之前。那段时间我都会坐在庭院椅子上晒太阳。那个墨西哥人明知我不爱看，就居心不良地故意要我看。我即使进屋，他也会拍窗户叫我出去。

我不觉得斗鸡有趣。有些人对趣味的看法很怪。”

“那费伊怎么说？”

“她不在乎母鸡，她说鸡长那样很正常。”

不过，为了怕托德误以为他在批评费伊，荷马赶紧说，她是个身心活泼健康的好女孩。托德同意这看法，不过随即将话题拉回到母鸡身上。

“我若是你，就会向警察检举，在城市养鸡得有许可证啊。我会立刻行动，做点什么来阻止。”

荷马不想直接回答。

“打死我都不会去碰那鬼东西。它全身疙瘩，光秃没毛，看起来跟秃鹰没两样，甚至会吃肉呢。有一次我就看见它吃了墨西哥人从垃圾堆里的罐头挖出来的某种肉。那家伙喂公鸡谷物，却把母鸡关在肮脏的笼子里，让它吃垃圾。”

“如果我是你，我会把这些浑蛋连同他们的鸡一起轰出去。”

“不需要啦，其实他们都是很不错的年轻人，只不过时运不济，就跟现在很多人一样，只是那只母鸡啊……”

他一脸厌恶地摇摇头，仿佛当下就闻到那只母鸡的气息，尝到了它的味道。

费伊回来了。托德想和她谈厄尔及墨西哥人的事，荷马拼命地示意他别说。不过她发现了，好奇地追问。

“你们两个在聊什么？”

“在聊你啊，亲爱的，荷马有话要告诉你。”托德说。

“那就说啊，荷马。”

“不，你先说。”

“嗯，刚刚跟我跳舞的人问我，你是不是电影明星。”

托德看得出来荷马想不出什么赞美来响应这种恭维，所以替他说。

“我刚刚才说你是这里最美的女孩呢。”

“对，”荷马附和，“托德就是这么说的。”

“我不相信。托德讨厌我。总之，我看见你打暗号要他别说，甚至还嘘他。”

她笑了笑，又接着说。

“我知道你们在说什么。”她模仿荷马激动的厌恶口气，“那只脏兮兮的黑母鸡全身疙瘩，还光秃秃。”

荷马愧疚地笑笑，托德这下生气了。

“你干吗让那两个家伙住在车库里啊？”他质问。

“关你什么事啊？”她回答，不过没真的动怒，反而给逗乐了。

“荷马喜欢有他们陪啊，是不是？大老粗。”

“我告诉托德，其实他们人不错，只不过运气背了点，现在很多人都这样，到处是失业的。”

“没错。如果他们走，我就跟着离开。”她说。

果然如托德所料。他明白现在说什么都没用，况且荷马又开始示意他别再说。

不知为什么，费伊突然惭愧起来。她向托德道歉，说要和他跳舞，邀约时还一副调情的口吻。托德拒绝。

她打破沉默，说起米格尔的鸡，其实她是想找台阶下。她说那些斗鸡多么让人刮目相看，米格尔多爱它们，多么用心照顾。

荷马点头如捣蒜，但托德保持沉默。她问托德是否见过斗鸡，还邀请他明晚到车库来看看。有个人会从圣地亚哥北上，带着鸡来和米格尔的鸡斗一斗。

她再次转向荷马时，他赶紧躲开，仿佛怕她要动手打他。她见状羞愧得脸红，看看托德，想知道他是否注意到了荷马的举动。之后整晚，她努力对荷马表现友善，甚至还会摸摸他，帮他拉拉衣领，抚顺他的头发。他为此笑得好开心。

第二十一章

托德告诉克劳德·埃斯第斗鸡的事，克劳德很想跟去看看，于是两人开车一起来到荷马家。

这天晚上空气弥漫着蓝紫色的氤氲，亮眼的色彩仿佛以喷枪喷在布景上，就连最黝黑的阴暗处亦可见几抹紫色。

他们的汽车亮着头灯，停在车库前的车道上，从车里看得见屋角有几个人，他们说话的声音也清晰可闻。有人在笑，但只以两个音调发出笑声，“哈哈——哈哈”，一遍又一遍。

托德走上前现身，免得他们以为是警察而采取什么行动。他走到灯光下，艾比·库思奇和米格尔跟他打招呼，但厄尔不理他。

“斗鸡取消了，圣地亚哥那酒鬼没来。”艾比说。

克劳德走上前，托德介绍他给其他三个人认识。矮个儿艾比一脸傲慢，米格尔亲切有礼，厄尔则如同往常般木然地板着脸孔。

车库大半地面已改装成一个约九英尺长、七八英尺宽的椭圆形斗鸡场。地上铺着旧地毯，四周以旧木片和铁丝网围成一个简陋的矮篱笆。费伊的汽车停在车道上的位置正好让车灯照亮斗鸡场。

克劳德和托德跟着艾比走出刺眼车灯的照射范围，三人一起坐在车库后方的旧行李箱上。厄尔和米格尔也进了车库，面向他们蹲在地上。两人都穿着蓝色丹宁布料的圆点衬衫，戴了大帽子，穿着高跟靴，看起来英姿焕发，别具一格。

大家坐下来沉默地抽着烟，所有人安适自在，除了矮个儿艾比坐立不安。他坐的位置够宽敞，却忽然推了托德一把。

“过去一点，肥猪。”他吼道。

托德往旁边挪，挨挤着克劳德，克劳德没说什么。厄尔对托德笑笑，没理会矮个儿，但这矮个儿还是来找他的麻烦。

“笑什么？你这废物，你在笑谁？”

“笑你啊。”厄尔说。

“是这样吗？好，那你听好了，你这个龌龊的王八蛋，只要给我两毛，我就愿意痛扁你。”

厄尔从衬衫口袋里掏出一枚铜板丢到地上。

“是五分硬币哦。”他说。

矮个儿准备跳下箱子去捡，却被托德一把抓住领子。他没想挣脱，而是身子往前倾，顶着衣领，像只被拴住的小狗，还左右摆动他那颗大头。

“继续啊，你这个从‘西方服装公司’逃出来的要犯……你……你这个戴着丑陋假发的王八蛋！”他气急败坏地咒骂。

如果厄尔想得出什么犀利的反驳，或许就不会那么生气。但他想不出来，只能嘟囔着什么矮冬瓜、杂种，朝矮个儿的鞋吐了一大坨口水。

“吐得好啊。”米格尔说。

看来这句话就足以让厄尔觉得自己赢了，因为他得意地笑笑，而且没再说什么。矮个儿则边咒骂边将托德的手从自己领子上用力拨开，坐回箱子上。

“应该给他戴上铁钩。”米格尔说。

“不需要把铁钩浪费在这种废物身上。”

大家扑哧笑了出来，一切恢复平静。

艾比倾身，越过中间的托德对克劳德说：“刚刚那场面真不是吹牛。你们来之前这里有十来个人，其中几个还带了大笔钱来。我就要出来坐庄了呢。”

他掏出皮夹，给了克劳德一张名片。

“十拿九稳的啦，我有五只鸡轻而易举就能登上冠军宝座，另外有两只大概会输。不过整场比赛下来肯定能大赚一笔。”米格尔说。

“我从来没见过斗鸡，事实上连会斗的鸡都没见过。”克劳德说。

米格尔说要拿斗鸡给他看，于是起身离开。托德也起身去车子里拿威士忌。他拿酒回来时，米格尔正将他的王牌朱朱特意抓在灯光下。所有人打量着这只鸡。

米格尔双手稳稳地抓着鸡，姿态有点像正要低手投篮。

这只鸡的翅膀很短，呈椭圆形，心形的尾巴垂直竖立。恍若蛇头的三角形鸡头前端是略显弯曲的鸡喙，喙底厚实，喙尖削细。全身羽毛紧实硬挺，仿佛上了一层亮光漆。为了参加比赛，羽毛还被削薄，而它身体的线条就像截短的楔子，醒目突出。米格尔的手指间隙垂悬着它那亮橘色的长脚，以及带着角爪的泛黑鸡足。

“朱朱是得州林代尔镇的约翰·鲍斯养的。它赢过六次比赛呢。我花了五十美元外加一把手枪才从他那里买到。”米格尔得意扬扬地说。

“它很漂亮，”矮个儿不甘不愿地说，“不过外表可不能代表什么。”

克劳德掏出皮夹。

“我很想看斗鸡。这样吧，你把一只鸡卖给我，我用这只鸡跟朱朱斗。”

米格尔想了一下，看看厄尔，他说就这么办吧。

“我有只鸡，就卖你十五美元吧。”

矮个儿插话。

“让我来挑鸡。”

“哦，我不在乎哪一只，我只想看它们比赛。这里是十五美元。”克劳德说。

厄尔收下钱，米格尔叫他去抓那只体形很大、红色羽毛的赫玛诺。

“这只红色的至少有八磅重吧，而朱朱看起来不超过六磅啊。”

厄尔抓着一只大公鸡回来，它有银色胸羽，看起来就像谷仓附近随处可见的普通家禽。

矮个儿见到它，露出不悦的神情。

“你管这种东西叫什么，鹅吧？”

“它可是‘街头屠小子’的一员呢。”米格尔说。

“我可不会将赌注押在它身上。”矮个儿说。

“没人叫你赌。”厄尔低声嘟囔。

矮个儿看着这只鸡，而它也直盯着他瞧。然后他对克劳德说：“先生，我来替你搞定它吧。”

米格尔立刻接话。

“厄尔会弄，他很懂公鸡。”

矮个儿一听，立刻说：“这是阴谋。”

他想抓住这只红公鸡，但厄尔把鸡抓得高高的，让矮个儿够不到。

米格尔打开屁股底下的大箱子，从里头拿出一个类似棋盒的小木盒，不过这盒子里没装棋子，而是装着弯曲的铁钩，还有几块中间有洞的正方形小羊皮，以及一些类似鞋匠使用的上蜡丝线。

大家围拢，看着米格尔打点要上场的朱朱。他先擦擦鸡脚上的短爪，确定擦干净后，拿一张正方形的小羊皮放在鸡脚上，让整副鸡爪从羊皮中央的洞穿过去；然后在鸡爪上挂了铁钩，以软丝绳小心翼翼地缠绕固定。另一只鸡脚也如法炮制。

他处理完朱朱后，厄尔也开始给大红鸡套上装备。

“这只鸡很有种，赢过好几回比赛。看起来速度不快，好吧，的确不快，不过力道可惊人呢。”米格尔说。

“若问我的意见，我觉得这种货色只能下锅煮来吃。”矮个儿说。

厄尔拿起剪刀，将红鸡的羽毛打薄。矮个儿看着鸡尾的羽毛快被他剪光，连鸡胸部位也无法幸免，紧张地抓住厄尔的手。

“别剪了！你这样剪会让它很快阵亡的，它需要羽毛来保护啊。”

他又转向克劳德。

“拜托，先生，把它交给我吧。”

“那就叫他也出钱啊。”米格尔对克劳德说。

克劳德笑笑，要厄尔将鸡交给艾比。厄尔不想这么做，故意看着米格尔等他说话。

矮个儿气得暴跳如雷。

“这分明就是设局诓我们嘛！”

“唉，就把鸡给他吧。”米格尔终于说。

矮个儿将鸡夹在左腋下，空出双手，看着盒子里那些铁钩。铁钩的长度一律是三英寸，不过有些钩子的弯曲幅度明显大于其他铁钩。他挑选其中一副，并向克劳德说明他的策略。

“在比赛过程中，它应该多半躺在地上，这对铁钩的弯曲幅度正好能让它攻击对方。如果它能跳到对手上方，我就不会用这对铁钩。”

他屈膝在水泥地上磨铁钩，要磨成如针一般锐利。

“我们有机会吗？”托德问。

“很难说。”矮个儿回答，摇摇他那颗过大的头颅，“它摸起来很像死鸡。”

小心翼翼调整好铁钩后，他开始检查这只鸡。他拉开它的翅膀，吹开它的羽毛，察看皮肤的状况。

“以斗鸡的标准来说，鸡冠的色泽不够鲜艳，”他捏捏它，“不过看起来还算强壮，或许曾经是只好鸡。”

他将鸡举到灯下检查鸡头。米格尔看到他认真端详鸡喙，紧张地要他别拖延时间。矮个儿不理会，喃喃自语些什么，挥手要托德和克劳德过来看。

“我就说嘛，我们被诓了啊。”他气呼呼地说。

他指指横过鸡喙上的一条细痕。

“那不是疤痕啦，是它本来就有的标记。”米格尔反驳。

他伸手抓鸡，想要擦抹它的嘴喙，不过这只鸡凶猛地啄他。这景象把矮个儿给逗乐了。

“我们就来比赛吧，但是不赌钱。”

厄尔当裁判。他拿了一根粉笔在场中画出三条线。中央那条较长，左右两边三英尺外的地方各画一条较短的平行线。

“放鸡进场。”他喊道。

“不行，先让它们熟悉热身一下。”矮个儿抗议。

他和米格尔相隔一臂之距，双方将手中的鸡丢在一起，激怒它们。朱朱狠狠地咬住大红鸡的鸡冠不放，直到被米格尔一把拉开。原本无精打采的红鸡这时振作了精神，活泼到矮个儿甚至无法抓好它。两人再次将鸡扔在一起，这次朱朱又咬住红鸡的鸡冠不放。体形较大的红鸡发火了，奋力攻击体形较小的朱朱。

“准备好了。”矮个儿说。

他和米格尔走入比赛场地，将鸡放在外围边界线，让它们面对面。两人抓住鸡尾，等着裁判厄尔发号施令。

“放鸡进场。”他下令。

矮个儿一直盯紧厄尔的嘴唇，所以抢先放出他的鸡，不过朱朱进场后立刻腾跃半空，一脚踹向红鸡的胸口，穿透羽毛直抵皮肉。红鸡带着脚上的铁钩迅即翻身，两次啄中对手的头。

两人将鸡拉开，再次放在场边的边界线。

“放鸡进场！”厄尔喊道。

朱朱再次凌空跃起想狠踢对手，但这次没命中。红鸡试图凌驾于朱朱之上，无奈身形庞大笨重，根本无法腾空对斗。朱朱再次跃起，一双鸡脚仿佛黄金无影脚，以惊人的速度又踢又踹。红鸡鸡尾着地，像只猫咪往上抓击。朱朱频频发动攻击，打断红鸡一只翅膀，重创它一条腿。

“取鸡！”厄尔喊道。

矮个儿抓起红鸡，它的脖子立刻瘫垂，只见一大片血缠结在颈羽上。矮个儿一边为这只鸡哀叹，一边忙着清理。他朝它裂开的鸡喙吐口水，拿出衔在喙里的鸡冠，将血吸回鸡冠里。红鸡重燃怒火，但力气尽失。它合起喙，挺直颈子。矮个儿帮它顺顺毛，整理羽毛形状。不过对于断翅或跛腿，他就无能为力了。

“放鸡进场。”厄尔说。

矮个儿坚持两只鸡要喙对喙，置于分隔线，如此一来红鸡不需要跑动就能攻击对手。米格尔同意这么做。

红鸡很英勇，矮个儿艾比放开它的尾巴，它费了一番力气才腾空跃起，与朱朱对斗，不过跛脚的它只能靠一条腿发动攻击，还重心不稳地偏向一侧。朱朱飞过它上方，半转身落在它背上，两腿连番踢踹。红鸡扭动挣脱，甩开朱朱，使劲以那条好腿上的铁钩戳入对方，不料又侧身摔倒。

朱朱凌空之前，红鸡设法朝朱朱的头狠狠地戳了几下，这番攻击使得体形较小的朱朱腾空的速度变慢，只好留在地上厮杀。在互啄的搏斗过程中，红鸡利用体形优势弥补跛腿和断翅的不足，并设法一啄还一啄，不让自己居下风。突然，它裂开的喙被打掉，只剩下半部还与头部相连，原本鸡喙所在处涌出一大摊血。红鸡没退却，再度使力凌空腾起，巧妙地运用一条好腿，设法往上跃高六七英寸，然而这种高度仍不足以让它施展攻击，踹击对方。跟着它一起跃起的朱朱轻易就腾于它之上，将两腿上的铁钩朝红鸡的胸口狠狠戳去，这回又是一根钢针刺入。

“取鸡。”厄尔喊道。

米格尔拉开自己的鸡，将另一只递回给矮个儿。艾比轻轻哀叹，梳理它的羽毛，不但将它的眼睛舔干净，还将整个鸡头放进自己嘴里给予滋润，尽管如此，红鸡应该是完蛋了。它甚至挺不直脖子。矮个儿将它尾巴下方的毛吹开，用力压挤它两片肛唇。这样刺激也无济于事，他只好将小指戳进去,又抓抓它的睾丸。它扑翅,勇敢地伸直脖子。

“放鸡进场。”

红鸡再度试图凌空于朱朱之上，以残存的一条好腿用力蹬，但只能胡乱旋转一通。朱朱跳起来，没击中它。红鸡虚弱地以断裂的鸡喙啄向朱朱。朱朱又腾空，这次将铁钩直直地刺入红鸡的眼睛，直达脑门。红鸡倒在大石块上死去。

矮个儿痛苦呜咽，在场没人说话。朱朱继续啄死鸡的眼睛。

“将那只吃同类的臭鸡拿走。”矮个儿尖叫。

米格尔笑笑，抓起朱朱，解开它的铁钩。厄尔也帮红鸡解甲。

他怀着敬意轻轻捧着死去的公鸡。

托德递来威士忌。

第二十二章

荷马从车库出来时，他们喝得差不多醉了。他看见地毯上的死鸡，有点吃惊。托德介绍克劳德及艾比·库思奇给他认识，他和他们两人握手打招呼，讲了几句客套话，要大家进去喝一杯，一行人跟着他鱼贯进屋。

费伊在门口迎接。她穿着一件绿色丝绸睡衣，脚上一双大绒球绿色高跟便鞋。衣服最上面三颗扣子敞开，露出一大片胸脯，但不见乳房。这不是因为她的乳房很小，而是因为两侧乳房隔得太开，而且形状外阔上挺。

她伸手和托德握手，拍拍矮个儿的头。他们算是老朋友了。荷马介绍克劳德的方式很笨拙，她开始发挥女当家的功能。这是她最喜欢的角色，每次新认识一个男人，尤其是对方俨然大有来头时，她就会表现出这副模样。

“有你在这里，真是太棒了。”她兴奋地说。

矮个儿笑笑看着她。

她带着一种傲慢的强硬语调命令荷马进厨房拿汽水、冰块和杯子。

“这里布置得很漂亮。”矮个儿说，将刚刚在门口脱下的帽子重新戴上。

他手脚并用才爬上一张西班牙式的大椅子，坐在椅缘，双脚悬晃，看起来真像腹语表演用的傀儡布偶。

厄尔和米格尔还在后面清理斗鸡场地，两人进来时，费伊摆出矫揉造作的高傲姿态和他们打招呼。

“小伙子，还好吗？饮料马上送来，不过或许你们比较喜欢烈酒吧？米格尔。”

“不会的，小姐，”他有点惊讶她这么说，“别人喝什么，我就喝什么。”

他跟着厄尔走到客厅另一头的沙发，两人迈着呆板的大步伐，神情紧张，仿佛还不习惯处在这屋子里。他们小心翼翼地就座，背脊挺直，大帽子搁在膝上，手藏在帽子里。离开车库前他们已经先以手梳整过头发，所以现在两人的圆形小头滑滑亮亮，还真好看。

荷马拿着小盘子绕一圈，给大家送上饮料。

大家表现出拘谨有礼的样子，唯有矮个儿除外，他向来是那副目中无人的样子，甚至评论起威士忌的质量。服务完大家后，荷马才坐下来。

现在只剩费伊一个人站着，神情泰然自若，不在乎大家的目光全集中在她身上。她扭着腰肢，一边臀部翘起，手就放在上面。克劳德从他所坐之处能看见她优美的脊椎线条往下延伸至倒心形的臀部。

他轻轻吹了声口哨，表示赞叹，其他人局促地扭动或窃笑，表示附和。

“亲爱的，”她对荷马说，“或许会有人想抽雪茄？”

他很惊讶她这么说，喃喃地说家里没雪茄，不过他可以跑腿去商店买，如果……他很不高兴自己非这么说不可，又拿起威士忌走一圈给大家添上满满一杯。

“这里都快成绿荫了，舒服得可以让人乘凉休息。”托德说。

费伊炫耀了起来。

“我觉得这里是有点俗气，你知道的，就是没品位。”

“不会，这里很棒。”克劳德赶紧说。

她伸舌舔唇微笑，以令人不解的方式来响应他的赞美。这是她的招牌动作之一，魅力无穷。这动作看似传达出各种隐晦的亲昵，但其实就跟说“谢谢”没两样，是简单无意识之举。她以这种方式来回报任何人的任何恩惠，即使那是微不足道的小事。

克劳德犯了托德常犯的错误：蓦地起身，大献殷勤。

“这里给你坐吧。”他指指自己的椅子。她又舔了舔唇，露出暧昧笑容，接受他的邀请。克劳德鞠躬致意，随后发现大家正注视着他，赶紧假装比手画脚让自己不那么可笑。托德走过来，厄尔和米格尔也加入。克劳德大献殷勤之际，所有人就站在一旁看着她。

“你在电影圈工作吗？埃斯第先生。”她问。

“对嘛，你就是在这一行啊？”

大家都察觉到了他语气里的恭维，不过没人取笑。他们不会责怪他，毕竟和她说话时几乎不可能甩开这种语调。男人这样和她说话时，其实就像道早安，没什么特别的意思。

“不完全啦，不过我的确希望能在这一行。我当过临时演员，但还没遇到真正的机会上台表演。我只希望能有机会。表演是我的生命。你知道吗？很久以前，我们格林纳一家人就在戏剧圈里讨生活。”

她没让克劳德把话说完，反正他不会在意。

“我想演的不是音乐剧，而是真正的戏剧，当然啦，或许一开始要演些轻喜剧之类的。我现在只希望有机会好好表现。我最近买了很多衣服，让自己看起来更上得了台面。我不相信运气。大家说努力工作就会有好运。我很愿意跟其他人一样认真努力。”

“你的嗓音很美，而且你懂得怎么运用。”他情不自禁地说。

见过她的暧昧笑容和随时发送的电力后，他就欲罢不能，很想见到她一遍遍重复那种动作。

“我很想在百老汇表演。现在要崭露头角都从那里开始。除非有过百老汇的舞台经验，不然他们不会找你的。”她继续说。

她告诉他电影圈的人都是怎么开创前程，还说她打算怎么做，说的全是废话。她撷取演艺刊物里那些遭到错误解读的建议，加上追星杂志里的一些报道，然后将这些信息和明星与电影高层的种种传说混为一谈。她完全没加以消化，径自让这些信息原本所说的“可能性”变成“很有机会”，再变成“必然如此”。一开始她会偶尔停下来等克劳德热情附和，但一说得起劲后，她的每个问句都是明知故问无须回答，而话语也毫无间断地潺潺流出。

没人认真听，所有人都忙着看她的各种丰富表情：浅浅地微笑、花枝乱颤地大笑、低语、发怒、不时跷脚、吐舌、眼睛又睁又眯，甩头让那头白金色秀发能在椅背的红色长毛绒映衬之下，闪烁耀眼。

她的姿态和表情之所以让人觉得怪异，是因为并没表达出她的真正意思，而是独立存在的。仿佛她的身体知道她的话语太蠢，只好努力靠动作撩拨观众的情绪，好让他们变得没有批判力。那天晚上她的肢体就成功地达到了这种目的，在场听众甚至没人有取笑她的念头，他们唯一的响应就是将她围拢得更紧。

托德站在外圈，挤在厄尔和墨西哥人之间的空隙看着她。有人轻拍他的肩膀,他知道应该是荷马,不过没转身看。对方再次拍他，他耸肩将那只手抖开。几分钟后，他听见身后有鞋底摩擦地面的沙沙声，转身发现荷马蹑手蹑脚地走开，直直走向一把椅子，整个人瘫坐在上面，还叹了一口气。粗厚的双手搁在两膝上，凝视着手背半晌。他感觉到托德投射过来的目光，抬起头对他笑笑。

他的微笑惹恼了托德，那令人怒从中来的笑容仿佛在说："我的朋友，关于痛苦，你懂什么啊？"这种表情有一种要人领情的傲慢姿态，自负得让人难以忍受。

托德脸颊发烫，觉得有点不舒服，转身背向荷马，从前门走出去。这愤怒的退场姿态并不成功，他全身颤抖，踉跄得厉害，走到人行道时得坐下来，背倚着一棵枣椰树。

从他所坐之处看不见山谷底下的城市，不过能见到城市反射的灯光，如蜡染洋伞悬浮于城市的上空。洋伞周围那没有亮光的天幕一片漆黑，几乎不见一抹蓝。

荷马跟着他到屋外，站在他身后，不敢趋近。若不是托德突然低头看见他的影子，或许他会直接溜走，不让托德发现。

“嘿。”托德示意荷马和他一起坐在人行道上。

“你这样会感冒的。”荷马说。

这句话的用意是想确定托德是否真的欢迎他作陪，尽管托德明白，但拒绝再次邀请，甚至不再转身看荷马。他很确定荷马脸上带着那种受苦已久的笑容，他可不想再看到一眼。

托德心想，原本对荷马的同情怎么会变成敌意？是因为费伊吗？他不可能承认这点。或者是因为他对荷马的处境无能为力？这个理由让他觉得比较好受，不过他想都不想就加以否决。他可从没把自己视为医治者。

荷马转头望向自己的家，看着客厅窗户。每次里头传出笑声，他就把头撇向另一边。那四声短促尖锐的“哈、哈、哈、哈”是矮个儿所发出来的。

“你可以学学他。”托德说。

“什么？”荷马问，转头看着他。

“放手啊。”

他的不耐烦让荷马很难过也满头雾水。托德发现了，示意他坐下，这次的态度很坚定。

荷马顺从他的要求蹲了下来，但没蹲好伤了膝盖，最后才终于坐下，还摸摸疼痛的部位。

“怎么了？”托德说，试图表示友善。

“没什么，托德，没什么。”

他很感激，笑得更开。托德不禁注意到这种笑容里所有令人厌恶的成分：屈从、温和及谦卑。

两人沉默地坐着，荷马拱起沉重的肩头，脸上带着开心的笑容，托德皱着眉，背后紧贴枣椰树。屋里收音机播放着，刺耳的声音响彻街道。

两人沉默地坐了好久，谁都没说话。有几次荷马似乎想告诉托德些什么，但又开不了口。托德不想主动提问来帮他起头。

荷马那双大手原本在膝上，食指尖相互碰触玩着“这是教堂，这是尖塔”的游戏，现在他把手夹在腋下。一会儿又把双手滑到大腿，没多久又放回膝上。右手把左手指关节折得啪啪响，一根接一根，接着换左手对右手进行同样的“服务”。两手似乎自在了些，但不消多久，又尴尬玩起“这是教堂，这是尖塔”的游戏，并再次以折响指关节结尾。他正打算开始第三回合，却与托德眼神相遇，遂停下动作，将手塞入两膝间。

荷马这种克制不住的玩手冲动，真是托德见过最复杂的怪癖。尤其让他觉得可怕的是荷马的动作很精准。这不是他一开始以为的哑剧，而是手部芭蕾舞。

托德发现荷马的手又蠢蠢欲动起来，忍耐不住，终于发怒。

“拜托，别再这样！”

荷马那双手挣扎着想冒出来，但荷马把膝盖夹得紧紧的，压制住它们。

“对不起。”他说。

“好啦，算了。”

“可是我就是克制不住，托德，我必须做三次才能停止。”

“好，我无所谓。”

托德转身背对他。

这时费伊的歌声流泻到街道上。

我梦到一支五英尺长的大麻烟，
不会过于温和，也不至于太呛。
你会恍神，时间不会太久。
若你是个哈草的瘾君子啊，爱哈草的人。

“她唱得很棒。”荷马说。

“她醉了。”

“我不知道该怎么办，托德。”荷马开始诉苦，“她最近经常醉醺醺，都是因为那个厄尔。他来这里之前我们过得很快乐，但自从他出现后，我们就很少说笑了。”

“那你为什么不把他赶出去？”

“我正在想你说的养鸡许可证的事。”

托德知道他想怎么做了。

“我明天就去卫生局检举他们。”托德说。

荷马向他道谢，然后坚持解释为什么他不能自己去检举。

“不过这只能甩掉墨西哥人，至于厄尔，你得自己想办法。”托德说。

“或许他会跟他朋友一起离开吧？”荷马说。

托德知道荷马在寻求他的同意，好让他能继续抱持这种希望，但托德不从。

“不可能，你必须自己将他赶走。”

荷马勇敢地露出甜美笑容表示赞成。

“或许……”

“你叫费伊开口。”托德说。

“哦，我不能这么做。”

“为什么？这是你的房子。”

“别对我生气，托弟。”

“好吧，我不生你的气，荷马兄。”

费伊的歌声从敞开的窗户悠扬飘出。

我们的喉咙干涸，

你就会知道自己放空了。

若你是爱大麻的瘾君子。

其他人跟着她唱出最后一个词，一遍又一遍。

“瘾君子……”

“托弟，”荷马又开口，“万一……”

“行行好，别这么叫我！”

荷马不明白哪里惹到托德，紧张地抓起托德的手。

“我没别的意思，以前在家乡我们都称……”

托德无法忍受他表示亲昵的颤抖模样，猛然将手抽回来。

“哦，可是，托弟，我……”

“她是个婊子！”

托德听见荷马嘴里咕哝着什么。荷马费力站起来时，膝盖还发出喀喀声。

费伊的歌声由窗户流泻而出，悠扬低诉的嗓音被嘶哑的喘息打断。

放空，放空，放空，嗑了大麻后就恍神放空。

一切变得称心又如意，

开着卡车冲进糖果店，

一鼻子撞上薄荷糖!

然后你知道自己被人给拖走,

就算没付房租,再也不担心,

天空很高,我也飘得很高。

如果你是哈草的瘾君子啊,瘾君子。

第二十三章

托德回到屋里，看见厄尔、艾比和克劳德紧紧围成一圈，观赏费伊和米格尔跳舞。她和那墨西哥人随着留声机传出的音乐跳着慢板华尔兹。他紧紧搂着她，一脚还跨入她两腿间，两人摇摆着绕圈，在每个顿点有节奏地戛然止步，身子往下一蹲。她的睡衣扣子全开了，米格尔搂着她纤腰的手，直接伸进她的睡衣里。

托德站在门口看，半晌后进屋，走到放着威士忌酒瓶的小茶几旁，给自己倒了四分之一杯，一饮而尽，再倒一杯。他拿着酒杯，到克劳德和其他人身边。他们完全没注意到他，每个人的头只顾随舞者摆动，就像在看网球比赛的观众。

“你见到荷马了吗？”托德碰一下克劳德的手臂问道。

克劳德没转身，不过矮个儿回过头来，说话的样子仿佛被催眠。

“好美的女人啊，好美的女人啊！”

托德离开他们，去找荷马。荷马不在厨房，托德转而去卧房找。有个卧房锁上了，他轻轻敲门，等了一下，再敲一次。还是没回应，不过他听见里面有动静。他从钥匙孔窥视，里头漆黑一片。

“荷马。”他轻喊一声。

他听见床咯吱一响，然后是荷马的应声。

“谁啊？”

“是我，托弟。”

他语气严肃地说出被荷马取的小名。

“拜托，走开。”荷马说。

“让我进去一下，我要跟你解释一些事情。”

“不要，走开，拜托。”

托德回到客厅。留声机的音乐已经换成狐步舞曲，和费伊跳舞的人也换成厄尔。他两手紧紧抱着她，两人摇摇晃晃地舞过整个客厅，一会儿碰墙，一会儿撞到家具。费伊的头往后仰，笑得不可遏抑，厄尔则是双眼紧闭。

米格尔和克劳德也在笑，但矮个儿没露半点笑容。他站在那里，紧握拳头，下巴往外突出。再也克制不住的他追上舞者，打断他们的舞步。他抓着厄尔臀部后方的裤子。

“换我跳。”他吼叫。

厄尔转头，俯视矮个儿。

“蠢东西！滚开啦，蠢蛋！”

费伊和厄尔暂停舞步，但仍搂着对方。矮个儿像只山羊低头准备硬挤入他们之间，她立刻伸手捏他的鼻子。

“换我跳。”他嚷嚷。

他们想重新开始，不过矮个儿艾比就是不让他们跳舞。他的头挤在中间，死命要拆散他们两个，发现这招没用后，索性狠狠朝厄尔的胫骨踢下去。厄尔往后一踢，靴子落在矮个儿肚子上，将他踹得四脚朝天，众人捧腹大笑。

矮个儿挣扎地爬起来，像只准备攻击的小公羊低头顶出羊角。就在费伊和厄尔重新起舞时，他冲到厄尔两腿间，双手往上用力一戳。厄尔痛得尖叫，试图抓住矮个儿。他又尖叫了一声，一边哀号一边往地上倒，倒下时顺手扯掉费伊的丝绸睡衣。

米格尔勒住艾比的喉咙，矮个儿这才放手，厄尔也因此整个人倒在地上。米格尔转而去抓艾比的脚踝，将他甩向墙壁，像把一只兔子甩到树上摔死一样，随后又将矮个儿拖回来痛扁，直到托德抓住他的手制止。接着克劳德去抓矮个儿，两人合力将他拖离墨西哥人手中。

他已经昏迷，他们只好将他扛到厨房的水龙头下，打开冷水冲他。他很快醒了，又是满口咒骂。他们发现他没事，就回到客厅。

米格尔扶厄尔到沙发上。他脸色发白，满头冷汗。米格尔松开他的长裤，克劳德帮他解开领带，敞开他的领口。

费伊和托德站在一旁看着。

“看，我的新睡衣毁了啦。”她说。

睡衣的一只袖子被扯掉，她的肩膀露出来，睡裤也毁了。托德看着她，她就当着他的面松开裤头，脱下睡裤，只剩贴身的黑色蕾丝内裤。托德往她靠近一步，但又踌躇不前。她将睡裤挂在手臂上，慢慢转身，走向门口。

“费伊。”托德喘着气说。

她停步，对他笑笑。

“我要去睡觉了，把这个矮冬瓜弄出去。”

克劳德走过来，抓住托德的手。

“我们闪吧。”

托德点点头。

“最好把这矮个儿也带走，否则他很可能会杀了整屋子的人。”

托德又点点头，跟着他进厨房。两人发现矮个儿正拿一大块冰敷着脑袋侧边。

“被那流氓打肿啦。”

他还要他们摸摸看，见识一下有多肿。

“我们回家吧。”克劳德说。

“不，我们去找女人，我才正要开始找乐子呢。”

“去你的，我拜托你。”托德气急败坏地说。

他将矮个儿推向门口。

“把你的手拿开，混账！”矮个儿咆哮。

克劳德跨步介入他们两个之间。

“冷静点，文明人。”他说。

“好，但是不准再推我。”

艾比昂首阔步走出去，其他两人跟在后头。

厄尔仍整个人瘫在沙发上，双眼紧闭，双手抚着肚子下方。米格尔不在那里。

艾比咯咯笑，兴高采烈地摇晃着他那颗大头。

“我把那牛仔狠狠修理一顿啦。”

走到人行道时，他又试图叫他们两个跟他一起去。

“来嘛，你们这两个家伙，会很好玩的。”

“我要回家了。”克劳德说。

他们陪矮个儿走到他的车旁，看着他爬上驾驶座。他在离合器和刹车踏板上加了特殊的延长装置，好让他那双短脚踩得到。

“进城去？”

“不用了，谢谢。”克劳德彬彬有礼地说。

“那就下地狱吧！”

他就这样和他们道别，放开刹车踏板，汽车往前驶离。

第二十四章

隔天早晨醒来，托德头痛欲裂。他打电话给制片厂告假，在床上躺到中午才进城吃饭。喝了几杯热茶后，感觉好多了，他决定去找荷马。他还是想向荷马道歉。

爬上山岗到屏永山谷，脑袋阵阵抽痛。反复敲了荷马家的门，都没人应答，他反而松了口气。正准备离开之际，窗帘动了一下，他又走回去继续敲。这次仍没回应。

他绕到车库。费伊的车子不在，连那些斗鸡也不见了。他走到屋子后方，敲敲厨房的门。不知怎么的，他总觉得里面太过安静。他试试门把，发现门没锁，便朝里面喊了几声，提醒主人有人要进屋了，然后穿越厨房走进客厅。

红色的天鹅绒窗帘紧闭，不过他能看见荷马坐在沙发上，直盯着手背，那双手又合掌放在膝上。他穿着过时的棉质睡衣，打着赤脚。

“刚起床啊？”

荷马没移动，也没回话。

托德又试了一次。

“派对玩太疯，还在宿醉啊！”

他知道故意表现得一派轻松其实很蠢，不过他实在不知道该怎么办。

“老兄，我也有点宿醉呀。”他继续说，甚至还想轻笑几声。

荷马完全没理他。

屋子的景象和他昨晚离开时一模一样，桌椅翻倒，从墙上被撞落的画就留在掉下来的地方。为了显得有理由留下，他开始收拾，将椅子扶正，拉直地毯，捡拾散落一地的烟蒂，还将窗帘拉开，打开窗户。

“这样好多了，不是吗？”他愉快地说。

荷马抬头望望，旋即又低头看着自己的手。托德看得出来他就要回神了。

“要喝点咖啡吗？”他问。

荷马将手从膝上举起，藏在胳肢窝里紧紧夹住，还是没说话。

“来点热咖啡，如何？”

他将手从腋下抽出，压在屁股下，半晌后才沉重地缓缓摇头表示不要，那姿态真像耳朵塞着一根狐尾草的小狗想借着摇头将草甩掉。

“我来弄点咖啡吧。”

托德进厨房将水壶放在炉子上，趁着加热的空当，朝费伊的房间偷瞥一眼。里面的东西清光了，衣橱抽屉全拉开，地上散落着空盒子。地毯正中央有只打破的香水瓶，房间弥漫着栀子花香味。

咖啡煮好后，他倒了两杯，放在托盘上端进客厅。荷马仍像他离开时那样双手压在屁股下坐着。他将小茶几挪动靠近荷马，将托盘放在上面。

“我也给自己倒了一杯。来吧，趁热喝了。”

托德拿起一杯咖啡递过去，不过见荷马似乎想说话，立刻放下咖啡等他开口。

“我要回维恩纳维尔镇。”荷马说。

“好主意，太棒了！”

托德又将咖啡递给荷马，但他不理睬。他用力吞了几口口水，仿佛想咽下卡在喉咙的什么东西，接着竟啜泣起来。他没以手掩面，也没低下头，就这样坐着哭。那哭声仿佛斧头砍下松树所发出的空洞、沉重又厚实的声音，有节奏地重复着，无循序渐进之势，每一斧下去的声音就跟前一斧相同，毫无高低起伏。

托德知道无法阻止他哭泣，当下这状况只有傻瓜才会有勇气这么做。他走到客厅最远处等着。

他正准备点燃第二根烟，荷马开口唤他。

“托德！”

“我在这里，荷马。”

他疾步回到沙发。

原本还在哭的荷马突然止住，骤停速度甚至比突然大哭更让人措手不及。

“怎么了？荷马。”托德鼓励他说下去。

“她走了。”

“对，我知道。喝点咖啡吧。”

托德很相信谚语，所以试图说句谚语来安慰他。

“旧的不去，新的不来。”

“我起床前她就走了。”他说。

“管她干吗？反正你要回维恩纳维尔镇了。”

“你就别说教了。”荷马以异乎寻常的平静语调说。

“对不起。”托德喃喃道歉。

这句“对不起”仿佛引爆了水坝底下的炸弹、滔滔话语如泥泞扭漩的洪流从荷马嘴里奔腾涌出。一开始托德以为这样让他发泄一下对他很好，不过托德错了。水坝后方的水泊挹注得太快，他说得愈多，水压愈大，因为这洪流是循环的，一从他嘴里奔涌而出后又会流回水坝后方的水泊。

滔滔不绝说了二十分钟后，他突然在一个句子中间停顿下来。他身体往后倾，闭上眼睛仿佛沉睡。托德在他头下塞入软垫，望了他一会儿后，进入厨房。

托德坐下来，力图理解荷马。他说的很多是胡言乱语，然而其中有些并不是。托德惊觉许多内容并不混乱，只是不连贯，领悟这点后才抓到要领。荷马说出一个一个字，但这些字并没有前后顺序。这一连串字句事实上是一个厚密的字，而非一个句子。同样地，他说的几个句子也是同时发生的句子，不构成一个段落。透过这种解读方式，他终于能重组荷马所陈述的事情经过，使之具有常人所能理解的意义。

昨晚在屋外，托德当着荷马的面说了费伊的坏话后，荷马就绕到屋子后面，进到厨房，偷看客厅的动静。他没对托德生气，只是惊讶和难过，因为他一直认为托德是个好人，没想到托德会这么说费伊。从通往客厅的走道望过去，他看见大家玩得很开心，这番情景让他也很高兴，因为和他这种老人生活在一起一定无趣到让费伊烦透了。他很高兴没人注意到他在那里偷看，因为他实在不想和他们一起玩，虽然他喜欢看大家玩得很高兴。费伊正和克劳德跳舞，两人看起来真般配。她似乎非常快乐，容光焕发的神情就跟平常开心时一样。接下来她和厄尔跳，他不喜欢厄尔搂着她的样子，而且他从这家伙身上怎么也看不出她眼里看到的优点。反正厄尔不是好人，就这样，那对眼睛看起来就很邪恶。旅馆业都会严加提防，绝不让他们赊欠，因为这种人会赖账。他们很可能找不到工作，因为没人会信任他们，虽然或许就像费伊说的，这年头失业的满大街都是。荷马站在那里偷看大家嬉笑唱歌，看见厄尔抓着费伊下腰还亲吻她，所有人哈哈大笑，不过看得出来费伊并不喜欢，因为她甩了厄尔一巴掌。厄尔不在乎，再次吻她，这次吻的时间久到令人作呕。她抛下厄尔，跑到荷马所在的地方，荷马想躲，但被她发现了。他没说话，她说他真龌龊，竟然这样监视她，说完就跑回房间，不听他解释。他跟在后头想辩白，但她气冲冲，涂口红时还骂得更厉害。后来，她打翻香水，原本的怒气如火上添油。他试图解释，她就是不听，还不断以各种脏话辱骂他。他只好进自己的房间，换下衣服，准备睡觉。后来托德唤醒他，说要和他谈谈。他没生气，但那时候就是不想谈，只想好好睡个觉。托德离去。他上床后没多久听见客厅传出可怕的尖叫和碰撞声，他不敢出去看，虽然想打电话报警，但也不敢走到放置电话的位置，所以只好穿上衣服，准备从窗户爬出去求救，因为那声音听起来真像有人被杀了。不过鞋子还没穿上就听见托德和费伊说话的声音，他心想，应该没事吧，不然她怎么会笑呢？所以他又脱下衣服，再次上床。他睡不着，不断想着外面到底发生了什么事。他冒险去敲费伊的门，想看个究竟。费伊开门让他进去。她像个小女孩蜷缩在床上，叫他爸爸，还亲吻他。她说她完全没生他的气，她说刚刚大家打架，但没人严重受伤，所以他可以放心地上床休息，明早两人再聊。他照她说的回房睡觉，隔天起床时天才刚破晓。一开始他纳闷自己怎么会起这么早，因为他通常会睡到被闹钟叫醒。他知道有事发生了，但直到听见费伊卧房里的喧闹声才知道发生什么事。起初听见呻吟时，他还以为在做梦，不过很快又听见第二声，看来应该是费伊。他心想，她一定生病了。她再次发出宛如痛苦的呻吟声，他决定起床去看看。他走到她的房间，敲敲房门，问她是否病了。她没回答，但呻吟声不再，于是他又回房上床。没多久，她再次呻吟，所以他又起床，心想或许她需要热水和阿司匹林，喝点水、吃个药之类的，便再次敲敲她的门，希望能帮她。她听见他的敲门声，说了些什么，他没听清楚，心想大概是可以进去吧。之前她头痛时，他会在半夜给她送水和止痛药。门没锁。其实她应该锁的，因为那墨西哥人就躺在她的床上，两人赤条条，她双臂抱着他。费伊看见荷马，抓了被单盖住头，什么都没说。他不知道该怎么办，只好退出房间，关上门。他站在走道上，觉得好难为情，努力想着现在该怎么办。这时厄尔手里拿着靴子出现。厄尔一定是睡在客厅。他想知道发生了什么事。“费伊生病了。”荷马回答，“我要拿水给她。”但厄尔听见费伊再次呻吟的声音。他推开门，费伊尖叫，厄尔和米格尔相互咒骂，还打成一团。为了费伊着想，他不敢叫警察，整个人乱了方寸，不知怎么办才好。费伊不断尖叫。荷马再次打开房门，看见米格尔跌下床，厄尔压在他上面，两人相互扭打。他冲进房里锁上门，整个人蒙在被单里的费伊叫个不停。荷马想和她说话，但她不回答。他坐在椅子上保护她，免得厄尔和米格尔打回床上来，不过他们没这么做。过了一会儿，她拉开脸上的被单，叫他出去，他回应时她又用被单盖住脸。他等了一会儿，她再次叫他出去，但这次没让他看见她的脸。现在没听见米格尔或厄尔的声音。他打开门望出去，他们已经走了。他锁上门窗，回到自己的房间，躺在床上。不知不觉睡着了，醒来时才发现她已离开。他寻遍全屋，只见到厄尔留在走道上的靴子。他将靴子从后门丢出去，到了早上，靴子就不见了。

第二十五章

托德进客厅去看看荷马。他仍躺在沙发上，但姿势变了。他巨大的身躯蜷缩成一团，双膝往上缩，几乎顶到下巴，胳膊紧紧收拢着，双手压住胸口。这姿势显然不是放松。神经与肌肉的某种内在力量绷着，让他这团球愈缩愈紧。他就像机器里不再发挥功用的弹簧，终于能往自身中心点的方向集中力量。当这弹簧仍是机器的一部分时，它的拉力被用来对抗其他强大的力量，现在终于脱离了机器，它开始奋力地恢复原本的盘圈形状。

原本的盘圈形状……在从大学图书馆借来的一本变态心理学的书里，他翻到一张女人睡在吊床上的照片，那女人的睡姿和荷马非常像。照片下方有个“子宫逃避”之类的标题。多年来那女人一直睡在吊床上，从未改变这种胎儿蜷缩在子宫里的姿势，除了被精神病院的医生唤醒的那短短几个月。

他坐下来抽烟，想着到底该怎么办。去找医生吗？可是荷马晚上一直醒着，而且把自己搞得精疲力竭。医生或许会数次摇醒他，他会打哈欠，问什么事。他自己也可以叫醒荷马，不过他不是已经够惹人厌了吗？还是让荷马睡好了，即使这是“子宫逃避”的状态。

躲回子宫这种逃避方式多美妙啊，远比宗教逃避、艺术逃避或逃到南海诸岛好多了。子宫里如此舒适温暖，而且能自动获得喂养。子宫这个旅馆十全十美，难怪所有人的神经和血液之中都保留着那里的回忆。没错，里面很黑暗，但那是一种温暖踏实的黑暗，人生的黑暗在此完全不存在。无怪乎九个月一到要被逐出去时，胎儿都会拼命抗拒。

托德把烟熄灭。他好饿，想吃晚餐，也想来杯双份威士忌和汽水。用过餐后他会回来看看荷马。如果荷马还在睡，他会试着叫醒荷马；如果荷马没睡，他就叫医生来。

他再看了荷马一眼，然后轻手轻脚地走出小屋，小心地关上门。

第二十六章

托德没直接去用餐，他先到霍奇马具店，心想应该能在那儿打听到厄尔的消息，而通过他应该能找到费伊。加尔文和一个印第安人站在那里。印第安人满脸皱纹，一头长发以一串珠子绑在前额，胸前后背挂了广告招牌，上面写着：

塔托斯贸易行

专卖西方各式古玩珍品

串珠、银器、珠宝、鹿皮软鞋

洋娃娃、玩具、珍本图书、明信片

欢迎来塔托斯贸易行带个纪念品回家

加尔文一直都很友善。

“哟,你好呀。”见到托德走过来,他大声和托德打招呼。

“来见见酋长吧。”他露齿笑着又补上一句,“这位是‘除了孩子什么都卖’的酋长。”

印第安人被这个玩笑逗得哈哈大笑。

“日子总得过下去嘛。”他说。

“厄尔今天来过了吗?”托德问。

“来啦,不过一小时前走了。”

“我们昨晚一起参加派对,我……”

加尔文拍掌击腿,打断他的话。

“听厄尔说,那派对很热闹,对吧?史古康。”

“你那时不也在吗?加尔文。”印第安人附和,露出黝黑的嘴巴深处,还有紫色的舌头和断裂的橘色牙齿。

“听说我离开后他和人打了一架。”

加尔文再次拍腿。

“果然如此,难怪厄尔两个眼睛都瘀青,看起来很明显呀。”

“跟龌龊的流氓当朋友,就是会落得这种下场啊。”印第安人激动地说。

他和加尔文针对墨西哥人争论了很久。印第安人说，墨西哥人没一个好东西。加尔文说，他认识一些很不错的墨西哥人。印第安人引用赫曼诺斯兄弟为了半毛钱杀害落单的采矿者来佐证自己的论点，而加尔文则以托马斯·洛佩兹和一个陌生人在沙漠迷路时将水分给陌生人的故事来反驳。

托德试图将话题拉回自己想打听的事情。

“墨西哥人对女人很有一套。”他说。

“对马更有一套。”印第安人说，“我记得有一次沿着得州的布拉索斯河，我……”

托德又继续将话题扯回他要谈的主题。

“他们两个为了厄尔的女人打起来了，对吧？”

“没听他这么说，他说是因为钱。那个墨西哥人趁他睡觉时洗劫他。”加尔文说。

“龌龊的小偷。”印第安人说，还不屑地朝地上吐口水。

“他也说他和那婊子玩完了。”加尔文继续说，“对，先生，是这样的，我听他这么说的。”

托德得到的信息够多了。

“好，再会。”他说。

“真高兴见到你啊。”印第安人说。

“保重啊。”加尔文在他身后喊道。他心想，她很有可能会去替詹宁夫人工作。不过，不管怎样，她不会有事的，任何事都伤不了她。她就像软木塞，不管大海多么波涛汹涌，不管怒浪如何打翻铁船，摧毁钢筋水泥做的防波堤，她永远都能在浪头上翩翩起舞。他想象她乘着惊人巨浪，纵使浪涛卷起一吨吨厚重的海水，以翻江倒海之势重坠，她也能开心地旋转跳开。

他抵达慕索·弗兰克的餐馆，点了一份牛排和双份威士忌。饮料先来，他边啜饮，内心仍看着浪头上那个旋转的软木塞。

这个软木塞很漂亮，顶端镶嵌着一块闪闪发亮的镜子碎片。它婆娑起舞的那片汪洋好美，浪谷碧绿，浪峰银白。无论受到月亮引力牵动的海水饱含多么强大的力量，也奈何不了这亮灿灿的软木塞，顶多只能暂时将它包覆在错综复杂的浪花之中。终于，软木塞漂到一处陌生海岸，被一个手指如猪肉香肠、屁股长满丘疹的老粗捡起来，将它偎在他松垮的肚皮上。托德认出这幸运的家伙，他是詹宁夫人的常客。

侍者端上他点的食物，弯腰等候他对食物的评论，但显然白等，因为托德忙着处理脑海里那些画面，无暇检查牛排煎得如何。

“满意吗？先生。”侍者问。

托德以像是在挥赶苍蝇的手势要他走开，同时也想挥走当下的念头，但那强烈的渴望就是拒绝消失。若他有勇气在某个晚上等着她，拿酒瓶砸昏她，然后霸王硬上弓，那该有多好。

他知道在空荡的停车场埋伏她会是什么景象。在加州，冷冽的夜晚必定闻得到石竹花的浓呛味道，而夜啼的鸟儿必定会以夸张的急奏和颤音来唱出它的心，不管是哪种鸟。她会开车过来，熄火。抬头望星时胸脯挺出，随后低头唏嘘。她会将车钥匙丢入皮包，“啪”的一声合上，接着下车。她迈开的步伐过大，因而拉高了贴身的洋装，露出黑色裤袜上方一英寸醒目的肌肤。见他慢慢靠近，她会将衣服往下拉，让它平平整整地盖住臀部。

“费伊，费伊，等等。”他会这么喊。

“哦，托德，嘿。”

她会伸出手和他握手打招呼。她手臂修长，与肩膀连成一道优美的下弧曲线。

“你吓到我了！”

她会露出路边小鹿被拐弯处冒出的卡车吓到的惊慌神情。

他能摸到那只藏在身后、等着砸向她的冰冷空瓶，至于他即将往前迈出的那一步……

“先生，有什么问题吗？”

如苍蝇盘旋不去的侍者又回来了。托德挥手要他走开，但这次他继续逗留。

“还是你要我把食物退回厨房？”

“不用，不用。”

“谢谢你，先生。”

但他仍不离开。他等着看这位顾客是否真的吃下食物。托德只好拿起刀子，切下一块牛排。侍者一直等到托德将马铃薯放进嘴里，才愿意离去。

托德重新想象强暴费伊的情节，但他想拿起瓶子砸向她时，已摸不到那只瓶子，只好放弃这个念头。

侍者又回来。托德看看眼前的牛排。这牛排很棒，但他实在没胃口。

“结账。”

“先生不吃甜点吗？”

“不用了，谢谢，给我账单吧。”

“马上好，先生。”侍者踅摸着纸笔，语调轻快地说。

第二十七章

托德走到街上，看见十来盏巨大的紫色光束来回横扫天空。这些刺眼的光束每次移动到弧形最低点，就会片刻照亮“可汗波斯宫剧院”的玫瑰色圆顶和精致尖塔。如此盛大的排场是要宣告全世界，新片子的首映即将在此隆重登场。

托德转身背对那些探照灯，朝相反的方向去荷马家。没走多远看见街上有个时钟指向六点十五分，他随即改变心意，决定让那可怜虫多睡一小时。他往回走，想看看戏院前的群众如何到这里来打发时间。

离戏院还有一个街口处，有块巨大的电子广告牌高悬在马路中央。十英尺高的广告牌上写着：可汗主公命这里为享乐天堂。

虽然影星名流还有几小时才会抵达，但是现场已经聚集起数千群众。他们面向戏院，背向街沟，排成一条数百英尺长密密麻麻的队伍。一大队警察正设法在前方人群与剧院正门间清出一条通道。

托德走进警察清出的通道，守在那里的警察正忙着应付一个女人，她的袋子裂开，橘子掉了满地。有个警察朝托德吼叫，要他滚到对面去，不过他不理会，抱着试试看的心态继续往前走，反正他们忙得分身乏术，应该不会来驱赶他。他注意到警察神色忧虑，态度谨慎小心。如果非得逮捕某人不可，他们通常会客套地先和犯罪嫌疑人开玩笑，在轻松的气氛中将他慢慢逼到角落，再拿警棍痛殴他。不过一旦对方处在人群中，他们就非得保持礼貌不可。

托德沿着狭窄的通道走了一小段路就害怕起来。四周群众咆哮，对着他的帽子、举止和衣着品头论足。叫嚣、嘲笑和嘶吼持续不断，偶尔还冒出刺耳的尖叫。尖叫声过后，密集的人群突然骚动，警力防线薄弱的地方会有部分人群蜂拥向前。那些人若被警察推回群众里，整群人就开始往其他方向涌去。

明星抵达时，警力非得倍增不可。影迷一见到心目中的男女主角，就会像着魔似的彻底失控。一点小动作，不论讨喜或挑衅，都会让群众陷入骚动，这时没有机关枪恐怕镇压不了。就个别影迷来说，目的无非只是要留个纪念，然而一旦集体聚在一起，就会变成抢夺和撕扯。

有个手持麦克风的年轻人正在描述现场情景。他歇斯底里的连珠炮听起来真像宗教复兴运动的传教士，煽动教会民众，让他们达到狂喜出神的状态。

“大家看看这些影迷！真是人山人海啊！可汗波斯宫剧院外头拥入的影迷肯定有上万人，他们兴奋尖叫，警察根本制止不了。现在就来听听他们激动的声音。”

他将麦克风凑上前，一旁的影迷热心配合放声尖叫。

“听到了吗？影迷兴奋得都发狂了，真像来到疯人院啊！在我参加过的首映会中，这次最……最叫人赞叹。警察压得住吗？办得到吗？看来不行哪，各位观众……”

这时另一队警力冲过来，小队长拜托记者往后一点，别让群众听见他的播报声。队长手下成批的警察开始冲撞人群，群众任凭自己被推挤挨撞，这一方面是出于习惯，另一方面是因为大家缺乏目标。群众忍受警察粗鲁的对待，就像公象允许小男孩以一根小棍子来指挥它。

托德发现群众中没几个人看起来凶悍，也没见到工人阶级模样的人。这些多半是中下阶层，很像他画作里那些手持火把的人。

就在他快接近通道尽头时，前面出口被骚动人群堵住了，他得奋力往前挤。有人拨掉他的帽子，他弯腰捡拾之际被踹了一脚。他愤怒转身，发现自己被一群人包围嘲笑。他很清楚这时必须跟着一起笑。群众见他这种反应，起了同情心，有个矮胖的女人拍拍他的背，一个男人替他捡起帽子，还用自己的袖子谨慎地拂去灰尘，另一个男人则喊着要大家让出一条路。

托德死推硬挤，还努力维持愉快的神情，才终于钻出人群，逃到空旷地。重新整理衣帽后，他走到停车场，坐在前方一排矮墙上。

一群群新到的影迷陆续抵达，甚至有人全家出动。他发现这些人一挤入人群就变了个样。他们刚抵达时，看起来缺乏自信，甚至有点胆怯，但一成为人群的一分子，就立刻变得傲慢好斗。若以为他们是不怀恶意的好奇人士，那就大错特错。事实上他们会变得野蛮恶毒，尤其是中年人和老年人，以及被生命的乏味与失望所折磨的人。

这些人的生命受无趣繁重的工作奴役，可能是在办公桌或柜台后方，或在田里，或面对各种让人厌烦的机器。他们省吃俭用，存下每分钱，梦想存够钱后就能悠闲享受。终于，这天来了。他们能从每周收入当中抽十或十五美元出来，这下子除了充满阳光与柑橘的加州，还有什么好地方该去呢？

然而来到这里，他们才发现光有阳光还不够，而且没过多久就厌倦柑橘、鳄梨和百香果。在这里什么都没发生，他们不知道该怎么打发时间。他们没有心思悠闲地过日子，也没有条件寻欢作乐。他们之前做牛做马那么久，就是为了某次去艾奥瓦州野餐，除此之外还有哪里能去？或许去威尼斯看看海吧。这些人多半来自看不见海的地方，不过只要见过一次，就等于见过所有的海了。去格兰岱尔市的机场看飞机也是一样。若有飞机坠毁，他们就能目睹乘客身陷火海的骇人景象，如新闻媒体所描述的那番景象，但就是没有飞机坠毁。

于是他们愈来愈无聊。他们明白自己被骗了，满腔怒火，气愤难当。他们每天只能看报纸、看电影，这两种活动所能喂养他们的只有凌迟、谋杀、性侵、爆炸、意外过后的残骸、金屋藏娇、烈火、奇迹、革命、战争。每天看着这些东西，他们变得复杂世故。原本追求的阳光成了笑话，柑橘也取悦不了他们已发腻的味蕾，没有东西强烈到足以让他们松弛的心智和躯体变得紧实。他们被欺骗、背叛，他们做牛做马、省吃俭用全是白费工夫。

托德站起来，坐在矮墙上不过十分钟，人龙已增长三十英尺，他真怕再逗留下去会走不出这里，于是越过街道往回走。

他边走边思索：若唤不醒荷马，该怎么办？这时突然发现荷马的头就在人群中攒动，他急忙走向荷马。从荷马的外表看来，他显然不对劲。走路的姿态比往常更像质量粗糙的蹩脚机器人，脸上露出机械式的僵硬笑容。他在睡裤外直接套上长裤，部分睡裤还从长裤的裤裆露了出来。他双手都提着行李箱，每走一步就东倒西歪，得靠箱子来平衡重心。

托德直接走到他面前停步，挡住他的路：

“你要去哪里？”

“回维恩纳维尔镇。”他回答，下巴夸张地抖动数次才说出这句话。

“很好，不过你没法从这里走到火车站。火车站在几十公里外的洛杉矶。”

荷马想绕过托德，却被他一把抓住手臂：

“你得搭出租车去，我陪你。”

这附近没出租车，因为电影首映封闭街道。托德这么向他解释，还试图要他跟着走到街角。

“来，下一条街肯定叫得到车。”

托德打算把他弄上出租车后就叫司机开到最近的医院，不过荷马怎样也不肯移步，任凭他推拉和恳求。有人停下来围观，有人好奇地转头看。他决定让荷马留在这里，自己去找出租车。

“我很快回来。”他说。

他从荷马的双眼或表情看不出来他是否听见，因为他毫无反应，甚至没有不悦的神情。他从眼角瞥见荷马盲目地穿越街道，引发马路上一连串刺耳的紧急刹车声，甚至有两次差点被车子碾过，但他没闪躲也没加快脚步，而是直直地走向对角线的方向。抵达对街路边，他想走上人潮密集的人行道，结果被粗暴地挤下马路。他又试了一次，这次有个警察从他衣领后面抓住他，将他推往队伍最尾端。警察放手后，他继续往前走，仿佛刚刚什么都没发生过。

托德想赶上他，但得等到交通信号灯变成绿色才能过马路。到了对街，他发现荷马坐在一张长椅上，离人群有五六十英尺。

托德搭着荷马的肩，建议两人再往前走几个路口。见荷马没回话，托德径自伸手要拿荷马手中的一个行李箱，但荷马紧抓不放。

“我来帮你拿。”他边说边轻轻拉扯。

“小偷！”

不待荷马喊第二次，托德赶紧跳开，若在警察面前被人当小偷喊，可就极为难堪了。他想打电话叫救护车，但话说回来，他怎么确定荷马疯了？毕竟荷马只是静静地坐在长椅上想心事啊。

托德决定等一等，再设法将他弄上出租车。人群逐渐增加，但要扩散到长椅这边至少还要半小时，等到那时他会想好对策的。他走离荷马几步，背倚着一家商店橱窗，从那里看得见荷马，而且不会太引人注目。

离荷马约十英尺远的地方有棵巨大的尤加利树，树干后面躲着一个小男孩。托德发现他小心翼翼地往外偷看，然后突然把头缩回去。几分钟后又重复这一动作。一开始托德以为他在玩躲猫猫，后来才注意到他手里握着一条线，线的尾端绑着一只旧钱包，那钱包就放在荷马坐的长椅前方。男孩经常扯扯线，让钱包像懒洋洋的蟾蜍久久跳一下。钱包的内衬从铁质开口跑出来，像一截毛茸茸的舌头，还有几只搞不清楚状况的苍蝇在上面飞来飞去。

托德知道这孩子在做什么，他自己小时候就经常玩这种把戏。如果荷马上当，以为钱包有钱而伸手去捡，小鬼会使劲猛拉钱包，然后放声大笑。

托德走到那棵树下，惊讶地发现小鬼是住荷马对街的小孩阿多尔·卢米斯。托德想抓住他，但他绕着大树东躲西闪，还将拇指放在鼻子上，做鬼脸来嘲笑他。他放弃了，回到原先的位置。一等他离开，阿多尔又玩起钱包来，不过荷马根本没注意，所以托德决定随他去。

托德心想，卢米斯太太一定也在人群里。晚上她看见儿子这模样，肯定会揍他一顿。他把夹克的口袋弄裂了，宽大圆领被油污搞得脏兮兮的。

阿多尔这小鬼脾气很坏，发现荷马对他和钱包视而不见，简直火冒三丈。他不再拉扯线头，而是蹑手蹑脚地靠近荷马所坐的长椅，对他扮鬼脸，并准备等荷马一动就要跑掉。他站在离荷马四英尺外的地方朝荷马吐舌头，见荷马不理睬又往前一步，比出一连串侮辱性的手势。

若托德知道那小鬼手里拿着石头，绝对会出手干预。不过他心想荷马不会伤害小孩，所以等着看荷马是否会因为小鬼的捉弄而移动一下。见到阿多尔举起手准备扔石头，他知道要干预也太迟了，石头砸中荷马的脸，小男孩转身想跑，绊了一跤摔倒在地，还来不及爬开，荷马的双脚就踩住他的背，还在上面跳呀跳。

托德大喊着制止荷马，试图将他拉走。荷马一把推开托德，继续以鞋跟猛踹阿多尔。托德使尽全力打他，拳头挥向他的肚子和脸。荷马不理会落在身上的拳头，只顾狂踢小男孩。托德眼见打他没用，双手抱住他想将他拖走，但根本无济于事，他像根石柱一动也不动。

接下来托德只知道自己后脑被人一击，整个头撇到一边，还被打得双膝跪地。前方的群众聚集过来，一双双快速移动、混乱失序的脚和腿将他重重包围。他拉住某人的外套勉强站起，又被一连串左攻右袭给往后拽。他看见荷马出现在人群上头，被推上天空，下巴往下掉，仿佛要呐喊却叫不出声。人群里伸出一只手，抓住他张开的嘴，将他往下拉。

又一阵令人眩晕的推挤。托德闭上眼奋力站直，随即被一拨拨涌来的肩膀和后背给推来挤去，一下往这个方向，一下又挤向另一边。他不断推打四周的人群，拼命想往前走，但一直被人潮往后带，简直吓得他六神无主。

他以尤加利树当地标，努力挤开人群往地标前进。若人流将他带离那棵树，他就奋力往前钻；若人流朝向他的目标，就顺势乘波前进。就在离那棵树几英尺之距，突来的一道人流将他冲过了头。他死命地挣扎一会儿，随后决定放弃，任凭自己随波逐流。就在人流与另一个方向而来的人群迎面冲撞时，他成了飞速前进的矛头先锋。冲击力道让他不由自主地转身，两股力道相互撞击，他像石磨里的谷物，不断翻转，直到融入对面人群，这番折磨才停止下来。人潮压力持续增加，他以为自己就要支离破碎。人群将他慢慢地推挤上半空。虽然在往上时，原本被压得咯吱作响的肋骨不再那么痛苦，但他还是挣扎着想让双脚落地。不能着地的感觉甚至比被往后拽更可怕。

又一阵推挤，这回时间没那么长。托德被挤到一处压力较小的死角。他察觉到左腿痛得难受，就在脚踝上方。他努力调整成较舒服的姿势，却无法动弹，费了一番力气终于能转动头部。一个戴着“西联”汇款公司的鸭舌帽、骨瘦如柴的小男孩背部整个顶住他的肩膀。痛楚持续增强，从脚踝到鼠蹊部阵阵抽痛。终于他的左手从四周的推挤中挣脱出来，于是用力拧小男孩的后颈。他使劲猛拧，小男孩开始跳上跳下，还连带地夹起托德的衣服。托德努力推小男孩的后脑袋好让手肘伸直，这样一来就能半转身把腿抽出。不过疼痛并没因此减轻。

他再次被一阵巨大的冲击力道往前推，直到另一处死角才停下来。现在他眼前有位不断哭泣的小姐，她的印花绸衫正面被撕破，小小的奶罩挂在一条肩带上。他努力往后挤，想多给她一些空间，不过只要他一移动她就跟着动。偶尔她会激烈抽搐，他真怀疑她是否要痉挛了。她的一条大腿伸在他两脚间，他挣扎着想和她保持距离，不过两人还是紧紧地挨在一起，无论怎么样都无法分开。

她转头对身后的人说："住手，住手。"

他这才知道女孩遇到什么麻烦了。她身后有个头戴巴拿马草编帽、鼻梁上架着一副角骨框眼镜的老男人正抱着她，一只手伸到她的衣服里，还轻轻地咬着她的脖子。

托德伸出右手将女孩拉过来，一拳击中男人的脑袋。他没办法出力打，不过还是成功地打掉了男人的帽子和眼镜。老男人想将脸埋入女孩的肩膀，不过托德猛拉住他的一只耳朵。人潮又开始移动。托德抓住他的耳朵久久不放，希望干脆将它扯断，女孩则使劲拧他胳膊底下的肉。她的衣服又破了一块，不过终于摆脱了老头子的纠缠。

人群中又一阵骚动，托德被挤向路边。他奋力往灯柱移，但来不及抓住灯柱就被人潮冲走了。这时他看见又有另一个男人抓住衣裳破裂的女孩。她大声呼救，他想挤过去帮她，却被人潮带往相反的方向。这一拨推挤再度在一个死角处停下来。这次周围的人都比他矮，他仰望天空，想吸点新鲜空气进他那发疼的肺，但空气全被浓浊的汗水味给污染了。

这群影迷没人歇斯底里。事实上多数人似乎自得其乐。靠近他的是个矮胖女人，有个男人紧贴着她的正面，下巴靠在她肩头上，双手抱着她，但她不理睬，径自和她旁边的女人说话。

“我只知道一阵推挤过后，我就被夹在了中间。”托德听见她这么说。

“对啊，有人大喊大明星加里·库珀来了，接着就传来重击声。”

“不是这样，事实上这根本是一场暴动。”一个戴着布帽、穿着套头毛衫的矮小男人说。

“是啊，听说有个变态攻击一个孩子呢。”第三个女人说，她一头弯曲如蛇的灰发散落在脸庞和肩上。

“真该当众对他处以私刑。”

所有人强烈附和。

“我来自圣路易斯市，我们家附近以前就有个性变态，他用剪刀剪破一个女孩的衣服。”那个矮胖女人说。

“他一定疯了。这样做有啥乐趣啊？”戴着布帽的男人说。

大家笑了出来。

矮胖女人对抱着她的男人说：“喂，你这家伙，我可不是枕头啊。”

男人开心地笑笑，没有松手的迹象。她也笑笑，没试图挣脱。

“真是个色鬼。”她说。

另一个女人笑了出来。

“没办法啊，反正这地方谁都能来嘛。”

戴布帽、穿毛衫的男人以为大家又在笑他那番关于性变态的言论。

“用剪刀剪小姐的衣服？这根本是用错了工具嘛。”

他说得没错。大家笑得比第一次更大声。

“老弟，若是你，就会用不同的工具，对吧？”有个年轻人说。他一颗头长得像肾脏形状，胡须还上了须蜡，固定得直挺挺。

见两个女人在一旁哧哧笑，戴帽的男人受到鼓舞，大胆伸手去拧了矮胖女人的朋友。她尖叫一声。

“别这样啦。”她的语气还真温和。

“我是被别人挤得。”他说。

救护车的刺耳警笛声划破街道。尖啸的哀号又让人群移动起来，托德被一股缓慢但持续的力量推着走。他闭上眼，专心保护他抽痛的腿。这拨移动结束时，他发现自己背后靠的正是剧院的墙。他继续闭着眼，以不会痛的那条脚单腿站立。仿佛过了几小时，挨挤的人群开始松动，随后又剧烈涌动。能量汇聚，倾泻而出。他被推涌的人流带着走，直到撞上隔开剧院车道与马路的那道铁栏杆的底座。压迫力几乎要把他的五脏六腑给挤出来，不过他还是成功地抓住了栏杆。他死命抓紧，不让自己被人流吸回去。有个女人抱住他的腰不放，还抽抽噎噎地哭泣着。托德感觉自己的手快要滑下栏杆了，赶紧使劲往后踢开女人，女人终于放手。

虽然有条腿阵阵抽痛，他还是能思虑清晰地想着他那幅《燃烧的洛杉矶》。和费伊吵了那一架后，他就不断画这幅画借以逃避痛苦，所以现在能毫不费劲地在脑海中构思。

他以那条好腿站立，用力抓紧栏杆，心头浮现大画布上以炭笔勾勒出的草图。他在与外框平行的画布上方画出了燃烧的城市。各色建筑风格，从埃及到马萨诸塞州鳕鱼角的房屋，全都变成熊熊火球。画布中间从左侧横贯到右侧是一条长长的斜坡街道，沿街而下到画布中间的前景，有一群手持球棒与火把的暴民。他以前素描过许许多多到加州自寻死路的人物，现在这些暴民的脸部就是采用那些人物素描。这些人物形形色色，包括各种不同经济状况和宗教信仰的人，以及那些为了海浪、飞机、葬礼及电影预告片而来的人。这些可怜虫只会为得到应允的奇迹受感动，也只会对暴力有所反应。那“洞悉万物，无所不知”的伟大博士皮尔斯就给了他们所需要的应允，于是他们组成怪胎和笨蛋大阵线，跟在博士的旗帜后面前进，想借此来净化这片土地。终于他们不再无聊乏味，快乐地在红光焰火中唱歌跳舞。

在画布下方的前景，几个男女奔走在那群暴民圣战士的前面。他们当中有费伊、哈利、荷马、克劳德和托德自己。费伊奔跑的姿态很骄傲，膝盖抬得高高的。哈利双手抓着他最爱的绅士帽，在她后面蹒跚追赶。荷马似乎快要掉出画布，一脸昏昏欲睡的表情，一双大手痛苦地抓着空气，仿佛在演哑剧。克劳德转过头，拇指顶在鼻头上，摆动其他手指，扮鬼脸嘲笑在后面追赶他的人。托德则是捡起一块小石头扔向后面那群人，同时继续奔跑。

想着想着，他几乎忘了那条抽痛的腿和眼前的困境。为了逃避得更彻底，他想象自己站在椅子上，在画布上角专心画着火焰。仔细勾勒火舌，让它们栩栩如生地贪婪舔舐那根撑起胡桃饼摊棕榈叶屋顶的希腊式圆柱。

他已经完成一团火焰，正准备动笔画另一团，耳边的喊叫声将他拉回现实。他睁开眼，看见他紧抓的栏杆后面有个警察正要过来抓他。他举起左手表示投降。警察抓住他的手腕，但无法拉起他。托德很害怕，不敢放掉抓着栏杆的那只手，最后有个人过来帮警察，抓着他夹克的背部把他抓起来，他只好放手，任凭他们把他往上拉过栏杆。

他们发现他站不起来，索性让他躺在戏院车道上。他看见有个女人坐在他旁边的人行道上，脸埋在裙子里哭泣。墙边有另外一群人被挤得头发凌乱不堪。车道尾端停了辆救护车，警察问托德是否要去医院。他摇头拒绝。警察说可以载他回家。托德镇定地说出克劳德家的地址。

他被人从戏院出口抬到后街，搭上警车。警笛响起，他以为是自己发出的哀鸣，伸手摸摸嘴巴却发现嘴唇紧闭，这才想到是警笛的声音。不知为什么，他笑了出来，并扯开嗓子模仿起警笛的声音。

作者年表

一九〇三年十月十七日生于纽约，本名纳桑·维恩斯坦（Nathan Weinstein），父亲马克思·维恩斯坦（Max Weinstein），母亲安娜·维恩斯坦（Anna Weinstein）。

一九二二年，入塔夫斯大学（Tufts University）就读，遭到退学后入布朗大学（Brown University）就读。

一九二四年，自布朗大学哲学系毕业。

一九二四年至一九二六年，旅居巴黎。

一九二七年，担任凯摩旅馆（Kenmore Hotel）经理。

一九二八年，担任苏顿旅馆（Sutton Hotel）经理。

一九三一年，出版《史奈尔的梦幻人生》（*The Dream Life of Balso Snell*），总印量五百册，韦斯特个人买下一百五十册。

一九三三年，出版《寂寞芳心小姐》（*Miss Lonelyhearts*），迫于出版商何瑞斯·赖福瑞特（Horace Liveright）破产，仅售出不到八百册。

一九三四年，出版《百万富翁》（*A Cool Million*）。

一九三六年至一九四〇年，从事好莱坞电影剧本写作。

一九三九年，出版《蝗灾之日》（*The Day of the Locust*），售出不到一千五百本，日后却被誉为好莱坞小说中的最佳杰作（the best Hollywood novel）。

一九四〇年四月十九日，与艾琳·麦肯尼（Eileen McKenney）结婚，十二月二十二日死于车祸。

一九五七年，《韦斯特全集》（*The Complete Works of Nathanael West*）问世。

图书在版编目（CIP）数据

蝗灾之日 /（美）纳撒尼尔·韦斯特著；郭宝莲译
. — 北京：中国友谊出版公司，2018.10
书名原文：The Day of the Locust
ISBN 978-7-5057-4500-1

Ⅰ.①蝗… Ⅱ.①纳… ②郭… Ⅲ.①长篇小说—美国—现代 Ⅳ.① I712.45

中国版本图书馆 CIP 数据核字（2018）第 219660 号

书名　蝗灾之日
作者　〔美〕纳撒尼尔·韦斯特
译者　郭宝莲
出版　中国友谊出版公司
发行　中国友谊出版公司
经销　新华书店
印刷　河北鹏润印刷有限公司
规格　787 × 1092 毫米　32 开
　　　8.75 印张　131 千字
版次　2018 年 11 月第 1 版
印次　2018 年 11 月第 1 次印刷
书号　ISBN 978-7-5057-4500-1
定价　42.00 元
地址　北京市朝阳区西坝河南里 17 号楼
邮编　100028
电话　（010）64668676